愚物語

オロカモノガタリ

西尾維新

NISIOISIN

BOOK & BOX ORIGINAL DESIGN by VEIA

第一話 育・慘敗

BOOK&BOX DESIGN
VEIA

ILLUSTRATION
VOFAN

第二話　駿河・傻瓜

第三話　月火・復原

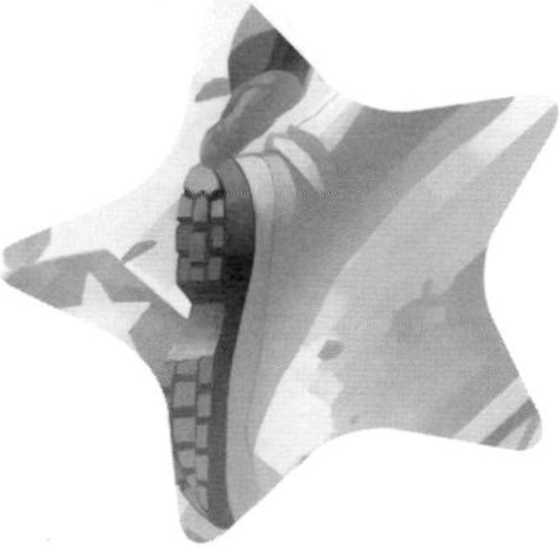

第一話　育・慘敗

OIKURA SODACHI

001

我討厭阿良良木曆。若要說我多麼討厭，真的是討厭到眼前發黑。光是想到那傢伙，我就像是胸口被勒緊般難受，完全無法思考其他事情。即使湊齊全世界所有討厭的東西當成花束捆起來，也比不上我對阿良良木這唯一的討厭。我的討厭甚至匹敵太陽。要是失去這份厭惡感，我大概就再也不是我自己吧。我對阿良良木這份猖狂至極的憎恨，已經成為我私人的立場，是我自己的主軸，是我這個人的核心。如果不討厭那傢伙，我就不可能是我。因為我至今看見再怎麼不堪入目的東西，面對多麼天大的慘劇或災害，都是抱持「總比那個男的好」的心態克服困境。

這份厭惡，這種目眩或胸悶或吐意或顫抖或是雞皮疙瘩，要是從我的體內消失，我會非常害怕。至少，光是想像這份「無法原諒」的心情稍減，我好像就會死掉。我就是如此脆弱，那傢伙就是如此厚顏無恥地占據我的心。那傢伙對我做過什麼令我討厭到這種程度的事嗎？連冒出這種正常疑問的縫隙都沒有。我就是如此厭惡那個男的。阿良良木的笑容、溫柔、貼心、友情，他的一舉手一投足，我光是回想就差點潸然淚下。無論是多麼鉅額的財富，多麼悽慘的拷問，都無法促使我和阿良良木和解。只有這個我無法容許，只有這個我無法讓步。

討厭和討厭是討厭又討厭的討厭給討厭得討厭把討厭給討厭。

討厭他討厭他討厭他討厭他討厭他討厭他討厭他討厭他討厭他討厭他討厭他討
厭他討厭他討厭他討厭他討厭他討厭他討厭他討厭他討厭他討厭他討厭他討厭他討
厭他討厭他討厭他討厭他討厭他討厭他討厭他討厭他討厭他討厭他討厭他討厭他討
厭他討厭他討厭他討厭他討厭他討厭他討厭他討厭他討厭他討厭他討厭他討厭他討
厭他討厭他討厭他討厭他討厭他討厭他討厭他討厭他討厭他討厭他討厭他討厭他討
厭他討厭他討厭他討厭他討厭他討厭他討厭他討厭他討厭他討厭他討厭他討厭他討
厭他討厭他討厭他討厭他討厭他討厭他討厭他討厭他討厭他討厭他討厭他討厭他討
厭他討厭他討厭他討厭他討厭他討厭他討厭他討厭他討厭他討厭他討厭他討厭他討
厭他討厭他討厭他討厭他討厭他討厭他討厭他討厭他討厭他討厭他討厭他討厭他討
厭他討厭他討厭他討厭他討厭他討厭他討厭他討厭他討厭他討厭他討厭他討厭他討
厭他討厭他討厭他討厭他討厭他討厭他討厭他討厭他討厭他討厭他討厭他討厭他討
厭他討厭他討厭他討厭他討厭他討厭他討厭他討厭他討厭他討厭他討厭他討厭他討
厭討厭討厭討厭討厭討厭討厭討厭討厭討厭討厭討厭討厭討厭討厭討厭討厭討厭討
厭討厭討厭討厭討厭討厭討厭討厭討厭討厭討厭討厭討厭討厭討厭討厭討厭討厭討
厭討厭討厭討厭討厭討厭討厭討厭討厭討厭討厭討厭討厭討厭討厭討厭討厭討厭討
厭討厭討厭討厭討厭討厭討厭討厭討厭討厭討厭討厭討厭討厭討厭討厭討厭討厭討
厭討厭討厭討厭討厭討厭討厭討厭討厭討厭討厭討厭討厭討厭討厭討厭討厭討厭討
厭討厭討厭討厭討厭討厭討厭討厭討厭討厭討厭討厭討厭討厭討厭討厭討厭討厭討

厭討厭！

這份情感，肯定比愛情更加激烈。

002

離開直江津高中已經經過一個多月。曾經那麼糾纏在我心中不肯離開，如同詛咒的那個教室事件，如今也變得令我懷念……我還沒放下到講得出這種話，不過像這樣遠離之後回顧，總覺得這一切彷彿是一場夢。

我可沒要說出「雖然是夢，卻是一場惡夢」這種抒情兮兮的慣用句。這裡說的「夢」真的就只是夢。

支離破碎，邏輯不通，場景亂跳，關鍵部分模糊又籠統，如同汪洋般無窮無盡，卻依然只有印象渣滓般的東西朦朧留下……這種感覺的幻夢。

即使經過更長的時間，甚至完全想不起那間教室的格局，我大概依然無法放下吧。

那個男的也會像這樣，遲遲忘不了那一班嗎？

這麼想，我就有點痛快。

不提這個，所以從今天起，我在新的城市開始新的高中生活。

身不由己就是了。

身為被家鄉驅逐的天涯淪落人，我心情上已經是自暴自棄自甘墮落，甚至想過乾脆趁這機會放棄當高中生，不過事情往往無法稱心如意。無論是任何事，要「放棄」都是難如登天。放棄當高中生和自殺一樣困難。

好歹把高中念完吧。

不過，我沒想到居然有人會對我講這種老掉牙的話。我一直以為這像是「生命誠可貴」或「人人平等」這種可疑、假惺惺又充滿虛飾的話語，不過真的聽別人對自己這麼說，就會感慨心想「哎，或許吧」。

而且，既然是監護人這麼說，身為被監護人也只能低頭服從。當然，這裡說的「監護人」並不是「家長」的意思。

我沒有家長。沒有父親與母親。

無父無母。

沒有了。

所以，這裡所說的「監護人」，是「即使素昧平生毫無關係，依然願意照顧無依無靠孤兒的奇特夫妻」的意思。

箱邊夫妻。

說他們是「兒少安置員」也不太對，講得淺顯一點應該像是「養父母」吧？歷經一番波折而離開直江津高中的我，經過一段不知如何是好的時間，莫名其妙決定的下一個去處，是一對老夫妻居住的獨棟住宅。分配給我的房間，比我之前住的公營住宅還大。

到頭來，在公所職員的安排之下，我即使離開城鎮，實際上也應該會繼續獨居才對，究竟是基於什麼原委變成這樣，我完全是一頭霧水。回過神來就被莫名其妙的命運捉弄，也是我始終如一的風格吧。或許是公所果然不允許沒家長的未成年少女獨自生活，或是不幸的女孩就這麼湊巧好運被有錢人家看上。

好運？我？真好笑。

……雖然稍嫌晚了點，不過從混亂中回復神智的我要是強硬拒絕，當然也能維持原本像是趕瘟神的獨居生活吧，但我猶豫之後，決定接受箱邊家的照顧。

理由是謎。我也搞不懂。

老實說，我難以斷言其中沒有懷念往昔的心情。昔日前往陌生人家「避難」的時代，當然也是我只有悲慘可言的回憶之一，卻依然是我極少數關於「家」的回憶。

僅有的回憶。

我想住在家裡。

以此當理由，不知道該說我度量狹小，惹人憐愛或者是畏首畏尾……不過就某方面來說，應該也算是自暴自棄自甘墮落吧。

我這種膚淺的傢伙，如今不可能建立像樣的人際關係……一個月前的我或許會這麼想，並且堅持主張自我，不過無論是度量狹小，惹人憐愛還是畏首畏尾，在這時候主張自我，總覺得有種敗北的感覺。

會覺得敗給那個男的。

既然那傢伙改變了，我也要改變。既然那傢伙幸福了，我就要更幸福。

這是我最堅定的志氣，為了堅持這一點，我不惜收起其他所有原則，所以我決定住在箱邊家念高中。

公所會提供學費補助，所以他們說我要上私立學校也沒關係，但我終究有所顧慮，決定轉學到公立高中。

話是這麼說，但我也有面子要顧。雖然曾經因為面子而毀滅，不過就算這樣也無法輕易捨棄，所以我選擇轉學的學校，是當地成績最好的公立高中。入學測驗易如反掌。拒絕上學的那段時間，我能做的只有唸書，這份努力漂亮展現了成果。

總之，在十一月的這個時期轉學，待在新學校的時間只有不到四個月。考量到三年級的第三學期有跟沒有一樣，實際上只有一個多月？

這麼一來，如今我完全不想把這裡當母校，也不想落地生根。至於直江津高中那裡，雖然稱不上有好好上學，不過那所學校的那間教室，比較算是我扎根的場所。想到不會有任何教室比那間教室還慘，轉學第一天的這天，我也老神在在地認為肯定能順利度過，但是粗心是大忌。

因為，沙盤推演到無意義的程度，卻遭遇出乎意料的大失敗，正是我的一貫風格。

為了平安度過為期一個多月，像是附錄小贈品般的校園生活，我也得做好覺悟才行。

伯父、伯母，我出門了——我向箱邊夫妻打完招呼，然後出發。結束這段休息期間，結束這段不知道從何時開始的休息期間，迎接嶄新的旅程。

看著吧，阿良良木。

老倉育，將從這裡培育。

003

第一個做出蛋白霜餅的人很厲害對吧？光是想到打蛋之後將蛋黃蛋白分開，就已經是出類拔萃的點子，如果是看起來營養比較豐富的蛋黃就算了，居然想到只把空氣打入蛋白？只攪拌蛋白，而且是持之以恆不斷攪拌打入空氣，竟然居然就變成像是鮮奶油霜那樣，這怎麼可能料想得到？而且，以這種方式製作出來，連一點味道都沒有的細緻泡沫，居然放進烤箱做成甜點，這真的只能瞠目結舌，掛白旗投降了。

駁回駁回，完全駁回。

天底下哪有這種自我介紹？

轉學生在轉學第一天這樣打招呼，綽號肯定會定名為「蛋白霜餅」。如果巧妙演變成音近的「蓮華」就太幸運了，但與其期待這種奇蹟，打從一開始就不要用這種古怪的介紹方式才對吧。

原本的目的明明是要強調「興趣是做點心」裝可愛，但我一心想展現優點，思考方向卻不小心歪掉。

我要冷靜，沒必要讓大家認為我是視角獨樹一幟的女生。是啦，依照場合或許也需要這樣，不過只是相處一個多月的同學，用不著刻意展現個性。

風平浪靜，免於遭遇先前在直江津高中那樣的災難，正正常常畢業，這是我首先要處理的課題。

我該做的不是展現個性，是適度藏起氣息。必須早早脫離「轉學生」這個顯眼的立場。

漫畫常看到的「轉學生慣例」，在我接下來的生活不需要。沒問題。只要正常表現，我就是可愛的女生。

雖然至今吃了許多苦，不過曾經往我臉上打過來的傢伙，只有戰場原黑儀。在直江津高中，我姑且也有朋友。還被男生表白過。只因為是轉學生就遭受的模糊期待，肯定是我只要閉嘴不說話就能應對的材料。似乎和別人有所出入的服裝品味，可以藉由穿制服來掩飾。

只要不做多餘的事情就好。

初次見面，我叫做老倉育。在這種時期轉學過來，驚動各位了。距離畢業只剩下轉眼不到的時間，但還是請讓我成為這個班級的一分子，和各位和睦相處。

就是這樣，就是這種平庸。以平凡為目標。

展現自己毫無個性的一面，絕對不要惹是生非。

甚至完全沒必要講出「我尊敬數學家歐拉，所以請各位這樣叫我」這種話。不需要刻意開口公布自己仰慕的對象。

會令人失望。

這裡說要讓自己平凡，就某方面來看也是幼稚的想法，不過，這大概就是所謂的「長大成人」吧。

「我這個人好可憐」這種無意義的自我憐憫，我還是就此擺脫吧。只要我覺得自己不幸，我將會就這麼一輩子不幸。不，再怎麼更換說法或是正向解釋，我的人生也肯定不幸到令人發笑。追根究柢，我需要的不是解釋，而是切腹解脫吧。

誰敢說這只是心態問題，我就把他修理到死。

不過，昔日的不幸，不構成自己不能幸福的理由。等我變得幸福，我也要說這只是心態問題。

要好好讓那傢伙見識一下。

為此我願意做任何事。

……只不過，即使像這樣拿出幹勁，也會覺得只是徒勞無功白忙一場。這種感覺很強烈。

阿良良木曆伴隨著非比尋常的厭惡與無窮無盡的憎恨，在我心中釋放巨人般的存在感，不過，阿良良木曆心中的老倉育，只不過是人生中的過客之一。或許連過客都稱不上。

不知道那傢伙忘過我多少次。

不知道被那傢伙當成空氣，當成不存在多少次。

現在回想起來，這或許也是一種「特別待遇」，但即使聽到這麼說，我還是無法接受，而且我認為那傢伙基本上就是這種無藥可救的傢伙。是即使救了人，也記不得拯救對象長什麼樣子的英雄。

雖然苦於理解，不過走到這一步，終究得承認世界上存著這種人。

不只是那傢伙，阿良良木家的人應該都是這樣，箱邊夫妻也是同類吧。但我一輩子都無法變成這種人，我也沒這個意願。

即使歷經塗炭的痛苦而變得幸福，那傢伙或許也只會一副悠哉，無憂無慮地說出「真是太好了」這句祝福。這種未來真令我火大。

我不禁思考。

我要怎麼做，讓什麼事情變成什麼樣子，才能挫挫那傢伙的威風？無論我怎麼做，無論什麼事情變成什麼樣子，我都很難想像那個男的會做出令我一吐怨氣的痛快反應。

不過，至少有一件事是可以確定的，是絕對無誤的。要是得知我在轉學的學校過度孤立或引發問題，那個男的會非常悲傷。

若是那傢伙留下煎熬的回憶，對我來說沒有比此更愉快的事，不過，這種事我已經做過了。

就某方面來說，只算是正如預測吧。

我可不想讓那傢伙心想「果然吧，我想也是」。

在轉學的學校順利生活，肯定是對阿良良木最狠的背叛，所以為此要踏出的第一步是「以平凡為目標」。我要得意洋洋地對他說出「平凡最幸福」這句話。

我抱持這樣的決心，抵達了距離箱邊家三個車站的公立宍倉崎高中。

還不必走進學校，我在上學的時間點，就已經混入身穿宍倉崎高中制服的學生們，不過該說不習慣還是正如預料，我覺得他們與她們和直江津高中的學生們不太一樣。或許只是我擅自戴上有色眼鏡看人，但我覺得大家的表情帶著幾分從容。

直江津高中是私立升學學校，包括我在內，每個傢伙都有力爭上游的一面，進一步來說，都有殺氣騰騰的一面。當然，我當時入學就是尋求這種環境，所以沒道理出言批判就是了。

光是換一個環境換一群人，就會變得這麼多嗎……我忍不住嫉妒起來，很快就差點抱持敵視周圍的心情，但我察覺之後連忙克制自己。

不行不行。

像這樣動不動就不問對象抱持自卑感，是我最該改掉的缺點。

我知道，我是藉由羨慕他人來塑造自我。

該怎麼說……承認自己不是什麼好東西，是一件非常需要勇氣的事，到頭來是非常悲傷的一件事，但我現在需要的應該就是這個吧。

任何人肯定或多或少都有這一面，但我只要抱持這種想法，就會連一步都踏不出去。

就像是面向後方駐足不前。

凡事都當成競爭或戰鬥看待，所以壓力源源不絕地累積。而且，若要說這所學校的學生們生活得毫無壓力，也完全不是這麼回事。

這是不可能的。

只要人類群聚生活，該處絕對會產生壓力，產生摩擦。正因如此，我絕對不能掉以輕心。

在直江津高中的那間教室，我之所以變得孤立，與其說是掉以輕心，不如說是驕傲自大，但我現在一個分神，將會悽慘重蹈那時候的覆轍。

可能再度變得足不出戶。

此外，雖然還不清楚彼此是什麼樣的人，但我不想讓箱邊夫妻後悔。

今後的事情沒人知道。

寄人籬下的我，要是高中畢業之後繼續就讀大學，臉皮也未免厚到不行。但如果充分運用補助金與獎學金，其實我擁有這樣的未來藍圖。我只是沒看見，更正，只是沒試著去看，不過這個世界鋪了一層這樣的安全網。

由此感受幸福終究是一件難事，不過我生長在這樣的土地，至少是一種幸運吧……既然這樣，就得活用到極限才行。

我停在校門口，漫無邊際思考這種事的時候，覺得行經身旁的人們不時瞥向這裡。或許是我想太多，大概是被害妄想，但我制服的穿法或許有些問題。

實際上，他們應該只是為難地看著一個妨礙通行的礙事女生，我即使如此理解，卻好想照照鏡子，像是逃進去般倉皇踏入新的高中。

就像這樣，只要踏出第一步，就沒什麼了不起的。

004

先說結論，我在轉學班上的風光舞台（應該說黯淡舞台）對新同伴進行的第一次自我介紹，很難稱得上順利。即使不算非常失敗，也肯定不是圓滿成功。

我盡可能避免標新立異，試著進行未經琢磨的自我介紹，但是還沒用到這個劇本，我就結結巴巴到令人不忍正視。肯定不少學生以為我叫做「押倉」吧。

四十人的視線集一身，我完全不知所措，舌頭打結成一團，聲音丟臉地高八度。直到自我介紹結束，我不知道口誤了多少次。

好好講出來的句子比較少。

我覺得好丟臉，甚至想當場蹲下。光是能夠站到最後，我就想稱讚我自己。

幹得好。因為幹不好。

世事總是無法順心如意……這麼一來，我當初裝聰明擬定煞有其事的計畫，似乎成為了最丟臉的行徑。

不過，這就是現在的我。

被許多人圍繞注視，就像是在對我找碴，我無法維持平常心。覺得大家都在嘲笑我的失敗。

平復心情吧，我要冷靜。實際上，我剛才口誤得很滑稽，當然會成為笑柄，但這不是飽受嘲笑，不是懷著惡意在笑我。他們與她們只是覺得有趣而笑。

稍微被瞧不起，正合我意。

到頭來，我只是想圓滿進行自我介紹（不過失敗了），並不是想被稱讚「演講技術真好」，也不是想被吹捧，更不是想成為班上的風雲兒。

這種爭霸的行徑多麼荒唐，多麼脆弱，我不是在前一所學校徹底學習了嗎？

控制自我吧。分析自我吧。

如同解開複雜偽裝的數學題，循序漸進，盡量精簡算式，逐項整理吧。

我之所以對於團體如此固執，之所以面對眾人都會僵住，是因為我害怕他們與她們。因為成群結黨的團體要是動粗，隻身一人的我無計可施。

沒事的。這裡沒人會毆打我的身體。即使自我介紹出師不利，會踹我的瘋子也沒這麼常見。我不需要因為害怕凌虐而試著站上團體的頂點。我反倒是因為曾經這樣勉強自己，曾經這樣犯錯，而被之前的團體驅逐。

我必須理解到，我不是能夠指揮團體，站在眾人之上的那種人。

至少現在不是。

我個性很差。乖僻彆扭。卑躬屈膝。怨氣十足。嫉妒心重。疑心病重。毫不可愛。受害者意識強烈。歇斯底里。是愛炫耀自己聰明的笨蛋。自虐。容易陶醉在不幸之中。凡事都怪到別人頭上——怪到阿良良木頭上。

基本上，這種傢伙即使自我介紹講得好一點，也不會成為風雲兒。「不合時節的轉學生」這個身分，果然不適合當成覆蓋我醜惡面貌的薄紗。

又不是魔法，一個人不會這麼輕易就搖身變成另一個人。就算改變住所、改變住家、改變學校、改變制服，也不代表我有所改變。

我就是我，脫不下這層皮。

沒關係，沒關係。

邁向新生活的平凡第一步雖然摔了一個大觔斗，卻稱不上是悽慘摔個四腳朝天。我沒有為了隱瞞失敗的恥辱而掀講桌，隨手亂扔東西或是抓黑板。沒有大哭大鬧火冒三丈，一拳揮向旁邊的班導。沒有為了以更大的失敗掩蓋失敗而當場脫制服。

看吧，我正在避開最壞的事態。

預設太多負面狀況，我也免不了覺得自己的思考負面至極，但我這個人陷入絕境會做出什麼事情完全不得而知。畢竟我昔日甚至因為頑固過頭而大幅失控，讓最討厭的男生看見我穿花俏睡衣的樣子。

想到這裡，就覺得沒能好好講出自己姓名算不了什麼。這確實是不曾料想到的恥辱，卻也不是為了耍帥而出包（沒講蛋白霜餅的話題真是太好了，我在這種狀況可能真的會失控），而且看見我出糗的對象，是頂多只來往短短一個多月的同學。

是可以隨手扔掉的恥辱。當作是為了畢業之後做準備的復健吧。

若是沒能接納慚愧的心態，實在沒辦法出社會。

我害怕的是自己將以這種個性長大成人。我現在十八歲，在甚至獲得選舉權的這個年齡，卻是這副德行。在滿二十歲之前……不，至少在滿二十二歲之前，我必須成為更正常一點的人，否則肯定會發生天大的事。

我無法斷言具體來說會發生什麼事，不過如果我維持這種粗暴刻薄的個性，遲早會犯下高度反社會的行為，甚至可能坐牢。

我非得斬斷這種連鎖。斬斷就對了。

我不幸的理由有無數個，我今後依然不幸的理由有無限個。不過，我不能幸福的理由連一個都沒有。

……而且，如果只針對這次的失敗來說，絕對不盡是壞事。因為當我自我介紹出包，班上同學覺得好笑而看向我的時候，我從他們身上感受到這間轉學教室大致上的氛圍。

給予適度的刺激，成功觀察到反應。

果然和直江津高中不一樣。

從好壞兩方面來看，感覺都是標準的「學校」……以我的經驗來說，比起短暫的高中生活，更接近國中時代的氣氛。

許多人擠在狹小的場所，所以（尤其對我這種人來說）肯定是充滿壓力的空間，但是正如我的想像，和我在直江津高中感受到的壓力不一樣。

不對。

不一樣的或許是法則。

感覺這邊的教室，是以不同於那邊的慣例成立的。直江津高中的法則就某種意義來說很單純，只要成績好，就會直接反映在學生之間的階級地位。

反過來說，像是即使阿良良木曆這種做人再好，正義感再強的傢伙，也只因為成績不甚理想就被放在最底層。我接受懲罰的那場學級審判，也是依照成績執行的。在那個時候，我認為那是非常正當，任何學校都會進行，司空見慣的例行公事，但現在回想起來，那應該是相當獨特的活動吧。

宍倉崎高中也是升學學校，成績應該不會完全不影響自己在班上的地位，不過感覺有某種更高階的人際關係主導大局。

畢竟學校也沒禁止帶手機（這在直江津高中大概匪夷所思），溝通能力才是在這邊的高壓空間活下來的重大要素吧。光是成績好反倒是反效果，一個不小心可能惹人厭。應該具備的是做人的魅力。

……要是在更早的階段察覺這一點就好了，不過對我來說，這幾乎是令人絕望的情報。

因為說到缺乏魅力，我堪稱這方面的行家。我抱持絕對的自負，絕對不會輸給隨處可見缺乏魅力的人。

只是在自我介紹的時候口誤，或許還沒暴露這個缺點，但是如果我就這麼沒擬定任何對策，我肯定遲早露出馬腳。俗話說「入境隨俗」，但我實在難以順應這種規則。

太嚴苛了。

就算這麼說，我也不是足以在這時候提議變更法則的改革者。我這種菜鳥沒資格。雖然講過很多次，但我和這一班來往的時間非常短暫。

只不過是在法律不同的異國滯留一個多月。低頭縮起身體，低調過生活以免牴觸當地風俗文化，這才是最好的做法。

為此，為了平穩順利度過毫無風波與壓力的高中生活，我在短暫共處的四十名同班同學——正確來說是在四十一人之中，選中一名學生。

座號四十一號。

她的名字是忽瀨亞美子。

005

無論是兩人一組、三人一組還是四人一組，總是會成為唯一沒分到組的男生——這是我討厭的阿良良木淺顯易懂的特徵，不過如果只說可能性，任何人都不知道會在什麼時候陷入這種事態。最聰明的迴避之道，就是設定一個總是可以和自己同組的對象。

這始終是紙上談兵，不過……如果兩人總是同組，在兩人一組的時候當然不用說，在三人一組或四人一組的時候也一樣，能夠固定配對的話非常可靠。

不是多出來或是排擠出來，始終給人「人數不足」的印象，那麼肯定可以沖淡孤立感。我是這麼認為的。

突然就要友善面對四十名同班同學，這個門檻對於流浪的我來說太高了，但如果是先從四十人之中只找一個人建立交情，雖然不到易如反掌的程度，卻也是低階到如果連這都做不到就免談的課題。

總之，嚴格來說不是四十人當中的一人，是大約二十人中的一人。在這種場合，即使和男生走得近也沒意義，反倒堪稱是唱反調。直江津高中是男女混合，應該說是男女平等，連座號都是男女混合編號，不過在宍倉崎高中，即使是教室座位也明確分成男女兩邊。

一切遵照傳統的法則……在我眼中是如此，不過以世間的角度來看，男女合校應該是這麼做才正常得多吧。

所以在這種氣氛當中，即使和男生搭檔，以女生的立場也只會顯眼討人厭，有害無益。肯定會被認定新來的女生只會朝男生示好，招致不同於事實的反感。

朝男生示好的女生……回想和阿良良木發生的各種事，我不能說這完全是對我的誤解，但是維持這種形象度過一個月終究很難熬……我這種傢伙肯定會在某處變得歇斯底里。坦白說，甚至可能引發流血衝突。

所以，我應該建立交情的對象，是在班上占半數，約二十名女生中的某人。不知道是否該說幸運，或許一般的高中生大致都是這樣，在我轉學進入的這班，即使兩邊人數差不多，女生的勢力看起來也比男生強。這部分和男女對立強烈的直江津高中也不太一樣，令人難以適應……不過總比納入勢力較弱的那一邊來得好才對。

雖然完全只是狡辯，但我進行自我介紹的時候之所以出包，部分原因也在於分心挑選這樣的對象。

應該建立友誼的對象。

這樣真的可能遵照了「轉學生慣例」，但是對於轉學生來說，第一個搭話的同學果然很重要吧。不誇張，甚至可能因而決定接下來的生活好壞。

搭話對象是看起來和善的學生？是看起來嗜好或談話合得來的學生？還是班上的領袖人物……依照事前的調查（我調查過了），刻意接近不良的邊緣人集團以求安全，好像也是一種典型戰略，不過宍倉崎高中看來和直江津高中一樣，沒有這種一眼就看得出來的不良集團。風紀好到沒有女生把裙子塞短，也沒有男生把領釦解開。相較於只要成績好就不太嚴管制服穿法的直江津高中，宍倉崎高中在這部分或許比較健全。若要我不識相地說出正直的感想，即使是我這種正經到古板的人來說，這種環境依然過於健全到令我喘不過氣。

總之，即使真的有不良集團，我也不認為自己能夠高明到討好成員融入這個集團。以前的我或許連這種事都能不顧一切做得到，但是到了現在，我敢說這是我最不擅長的事情。

……不，到頭來，以前的我應該不會擬定這麼詳細的戰略吧。要擬定的話會擬定更大膽的策略。對我來說，這不是我第一次轉學。國中時代，我也曾經換過就讀的學校一次，當時該怎麼說，我自己都覺得很做作。那樣就某方面來說或許是自暴自棄，但如果是直江津高中時期的我，經歷那場學級審判之前的我，不服輸的個性也很強烈。

畢竟當時是國中生。

現在我不可能做出當時的那種行為。我的心理狀態只是勉強保持人類應有的形體，實際上就像是中空的紙娃娃。

啊啊，或許不是紙娃娃，是氣球。戳下去會發出響亮聲音爆炸的特徵一模一樣。不過氣球的日文漢字是「風船」，說成「隨風飄動的船」聽起來挺浪漫的。

即使做得到，到最後也只會重蹈至今的覆轍吧。為了將我失敗的人生打上終止符，由我主動接近是不可或缺的要素。說到要主動接近什麼東西，應該是……算了。

總之，以風平浪靜為前提設立目標吧。

首先從一個人開始，到畢業之前，擴大到班上所有人……這樣終究誇大了，但我要結交到五、六個朋友。結交一隻手數不完的朋友。

我要好好走下去。好好待人處世。

在這個看起來和平的平凡學校，度過看起來和平的平凡生活。

在深思熟慮之後，我一邊說錯自己名字一邊選定的朋友候選人，就是叫做忽瀨亞美子的同學。

我這個轉學生分配到的座位和她的座位很近，這個單純的原因當然和我的這個決定並非毫無關係，不過這是次要的原因。

我選擇她為第一個目標，是基於更嚴謹又直接的原因。也就是她看起來沒有融入這一班。

乍看之下看不出來，班導好像也沒察覺（也可能只是假裝沒察覺），但是站在我這個轉學生，也就是局外人的立場，一眼就看得出她和這一班分離。孤立。

要是班上有什麼兩人一組的活動，不難預測她應該總是被排擠的那一人。四十一是質數，所以想必容易有人多出來吧。

那麼，她內心肯定樂見班上多一個人。這樣像是抓住別人的把柄，老實說，不是什麼痛快或值得稱讚的做法，但我也沒有選擇手段的餘地。

彼此都沒朋友，所以和睦相處吧……這麼說過於露骨，但是從需求與供給的觀點來看，對於忽瀨亞美子來說，建立這種互惠關係肯定沒有損失。

想必是好處多多的共生吧。

像這樣試著只以原始的損益計算或原理的利害關係解析人際交流，或許是我體內最基本的病灶，但在這個局面我依然不得不堅守因循苟且的做法。

總之，世間似乎也有人積極找孤立的同學說話，企圖藉此提升自己做人的評價，但我希望自己的行為，是比這種傢伙積極一點的自助努力。很抱歉，我沒有助人的餘力。不同於即使沒有餘力也勇於犧牲自己的那個男生。

我甚至不確定自己有沒有應該犧牲的部分。

實際上，我偶爾在想，我或許在很久以前早就自殺，現在看見的或許是彌留時的朦朧幻覺。

既然這樣，至少在臨死之際應該幻想更美好的光景才對。

我連幻想的光景也是地獄？

「幸或不幸只是心態問題」這種戲言，怎麼想都沒有半點道理，不過只要沒有描繪出美好自己的形象，肯定無法度過美好的人生吧。既然這樣，即使絲毫沒這個意思，不過認定自己是具備慈愛精神的女生，會在轉學的教室不識相地對孤立的同學搭話，或許也是可行之道。

總之……叫做羽川翼的那個班長肯定會這麼做吧。但我真的一點都不想向那個怪物般的優等生看齊。

模仿那個傢伙，真的會要我的命。

……基於這層意義，在直江津高中以一定機率零星可見，像是羽川翼或阿良良木曆的那種「怪胎」，在這所學校好像找不到。

那種個性的人們，即使是不是自願，果然都會偏離這種正軌嗎？不，那些傢伙即使在直江津高中，也是相當特殊的類型。

忍瀨亞美子當然沒這種感覺。

如果只看「在班上孤立的女生」這個部分，那個女生或許可以和戰場原黑儀分在同一類，不過我必須說這種分類過於缺乏知識。記得從一年級就是那樣，那個女生是自願孤立的稀有女高中生。

體驗過足不出戶生活的我這麼說肯定沒錯，真正愛好孤獨的人不會上學。不過，之前再度見到她的時候，她好像變得圓融多了。

如果是阿良良木那傢伙改變了戰場原黑儀，對我來說就是有口難言的事實。我也曾經有機會像那樣改變嗎？那麼，這種機會我至今放掉多少次？

不。這次的這個機會，肯定也是阿良良木給我的。

那麼，這次我真的不能放過這個大好機會。

所以我要和忍瀨亞美子成為朋友。成為朋友給你看。

我體內用也用不盡，多到多餘的所有熱情，首先只灌注在這個目標吧。

……後來我在想，說穿了只不過是結交一個朋友，我卻想要如此耗費全力，釋放如此的熱量，應該就是我下一個失敗的原因，那場學級審判的時候也是，我在做錯事情的過程中，總是自以為在做正確的事。

明明不是想犯錯而犯錯。

明明不是想變得不幸而變得不幸。

明明完全沒有這個意思。

006

如前文所述，忍瀨亞美子和戰場原黑儀的共通點，就只有同樣在班上孤立，不過當我真的準備向忍瀨亞美子搭話的時候，我不禁想起最初向戰場原黑儀搭話時的狀況。

參考了考古題。

明明無法當參考。

雖然這是極度憑感覺的說法，不過在這個世界上，存在者只能形容為特別人種的特別人種。戰場原黑儀即使還稱不上是這種人（嚴格來說，應該只有羽川翼屬於這種人），但我回想起來，她依然大致屬於這一國的人。

就算阿良良木是例外（對我來說，那個男的是一切的例外），直江津高中的事明明肯定是已經結束，已經切割的事，不過那個「嬌弱夢幻」的女生，還是在我心中留下忘不了的深刻印象與影響。

其實她別說嬌弱夢幻，之前我還被她打了一頓，脫離家裡蹲重返學校的第一天就進了保健室……但我絕對不是因為這樣而對她印象深刻。

特別的人種。

關於特別的人種多麼特別，我當然不想絮絮叨叨地說下去。這麼做連嫉妒都稱不上。

如各位所知，我沒能成為任何人心目中特別的人。沒能成為阿良良木特別的人，也沒能成為母親特別的人。甚至對於我自己來說，我也不是特別的人。

這部分無所謂。既然不特別，就以平庸為目標吧。

若是做不到這一點，我就無法成為任何人。

可是，即使如此，我還是會思考。

羽川翼這種人，或是阿良良木曆這種人，都不是隨處可見的人種。是一百萬人只出一人的稀有人種。

看見那種人，就會體認到「人人平等」這句話多麼不切實際，不過，展現那種強烈個性的傢伙，事實上每一百萬人只有一人，所以自己想成為這種人當然不可能，光是遭遇這種人就很難。

我應該已經沒有這個機會了。

……和特別的人種有所交集，不一定對人生有所助益。天底下不知道有多少凡人，因為貿然和特別的人種有所交集而被拖累、壓榨、利用殆盡。特別人種的特別光輝可能會閃瞎眼睛。想到這樣的危險性，判斷他們是風險而避免主動接近，應該也是聰明的選擇。

這不是漫畫。不是只要豎立個人特色就好。

何況漫畫主角在作品裡的行為大多是反社會行為。千萬不能忘記這一點。當成娛樂作品很有趣，但是考慮到現實層面就是一場災難。

講了這麼多，到最後我依然盡是在講酸言酸語，但我想表達的並不是對他們與她們的不平與不滿，而是想質疑這些特別的人，實際上是怎麼變得特別的？

「有人即使吃過相同的苦，依然努力過著正常的生活，所以光是身世不幸不值得同情」這種論點，我每聽一次就會失控一次，不過要是從統計學，也就是從數學的觀點解釋，我必須不情不願承認這番話包含一定的真實。

像我這樣遭受虐待，由不健全的家庭養育，依然正當努力向上，沒步入歧途長大成為偉人的傢伙，只要有心應該找得到吧。這是好事。

不過，若是拿相同的道理講得煞有其事，當成特別人種之所以特別的理由，我不免覺得相當詭異。

確實，他們與她們得天獨厚。

想必誕生在美好的土地，誕生在美好的家庭吧。

想必有著美好的邂逅，擁有罕見的天分，獲得努力的機會吧。

不過放大視野來看，這種事本身沒那麼特別，只不過是隨處可見的事。

像是病魔般蔓延的成功傳記，或是連愚蠢都稱不上的偉人自傳，再怎麼深入研讀並且忠實實踐內容的教誨，也無法獲得同樣的成功。同樣的，即使就這麼去體驗特別人種的體驗，也不是所有人都能變得特別。

即使誕生在美好的土地，誕生在美好的家庭，經過美好的邂逅，擁有罕見的天分，獲得努力的機會，依然扭曲得亂七八糟，無法融入社會，最終走上犯罪之路的人也確實存在。

以統計學的觀點，以數學的觀點，這種人絕對存在。

走上犯罪之路是從一個極端跑到另一個極端，不過在大多數的場合，大多數的人無法成為特別的人。那麼，特別的人實際上是從什麼時候，在什麼地方，基於什麼理由變得特別？

如同我這種卑賤的落伍者只是機率上的誤差，他們與她們也只不過是機率上的誤差嗎？

也有人說，生物的進化是以這種形式發生的。那麼或許不能說是誤差，而是突變。

毫無原因就變得特別的他們與她們，正是帶領人類邁向下個境界的存在……這麼說有點誇張，不過要是這麼理解，我就稍微可以接受。可以克制瘋狂失控的自卑感。

明確告知「誤差不構成理由」，比較能讓我完全放下。如同不幸人種的不幸不值得同情，特別人種的特別也不值得憧憬。光是有人願意如此堅定斷言，我這樣的人就會得救。

不過以我的狀況，或許不應該說是誤差，而是運作出錯……我必須小心別讓自己被當成故障的人而處理掉。必須做個了斷。

戰場原黑儀的特別、羽川翼的突變、阿良良木曆的例外，都只存在於直江津高中。他們或她們這樣的角色，沒出現在宍倉崎高中。

接下來的這段時間，我必須面對的是以忽瀨亞美子為代表，極度平凡，對「特別」抱持平凡憧憬的男生與女生。

007

我——老倉育是自卑感的化身，是將卑微與自我否定相加再乘以二的問題兒童。明明是這種個性卻敵視所有人，而且面不改色鄙視對方的人格與人權，所以非常惡質。

公平來看，只能說我這個女生屬於人類最底層的階級。如果我不是我，我這樣的傢伙應該只會是我厭惡的對象吧。即使我是我，都將這種傢伙當成相當厭惡的對象，所以肯定沒錯。

我沒有瞧不起人的意思，更不認為看起來在班上被孤立的忍瀨亞美子，在我搭話的時候會張開雙手歡迎，我沒有抱持這種樂觀的未來。只不過，終究會比戰場原黑儀那時候輕鬆吧。我無法否定自己這麼認為。回想起和羽川翼對峙的那時候就更不用說了。

像這樣進行比較，在心中擅自降低關卡難度之後挑戰忍瀨亞美子，應該是我的軟弱使然，是我的脆弱使然吧。

是脆弱，是危險。很像我會做的事。

真是討人厭的傢伙。

我總是把別人拿來評比、排名，納入自己專屬的階級表。我是狗嗎？

難怪我被取過「How much」這個一點都不可愛的綽號。這應該是從「老倉」這個姓的發音取的綽號，就算這樣，要別人以我尊敬的數學家「歐拉」稱呼我，終究是痴人說夢話嗎……

哎，被我這種傢伙尊敬，歐拉大師也很為難吧。不提這個，總之我向忽瀨亞美子搭話的過程並不順利。

請各位別說「大致正如預料」這種話。

並不是和自我介紹那時候一樣口誤。我反倒算是很努力了。我難得一邊講一邊興奮起來，甚至質疑自己居然具備此等毅力。

在直江津高中歷經殘酷到可能留下禍根的戰鬥經驗，我不知不覺習得非比尋常的溝通能力嗎？我甚至在短短一瞬間抱持這種荒唐的錯覺。

不，實際上，接連應付特別人種的那幾天，我認為絕對不是毫無意義。畢竟要是沒有那段經歷，我到頭來甚至不會來到這裡吧。所以我自認稍微有所成長。

不是高傲進逼，也沒有欺瞞之意，真要說的話，我自認頗為誠懇地接觸忽瀨亞美子。

不是採取卑微的態度，是謙虛的態度。

然而，她拒絕我接近。而且相當強烈抗拒。

這是出乎預料的反應。

全班都看見這一幕，所以我在這時候感到多麼丟臉，也無須刻意說明了。甚至令人詫異我為什麼沒有發飆。

或許是因為我不只感到丟臉，更是感到愕然語塞吧。因為忽瀨亞美子無視於我主動搭話，還在我說到一半就起身離開教室。

居然這麼露骨拒絕。

態度過於明顯，我覺得有點難以置信。即使要拒絕對話，應該也有其他方式可行吧。

希望她像是戰場原黑儀當初對我那樣，不經意以言外之意醞釀出「別找我說話，我喜歡獨處」的氣氛就好，終究是要求過高吧……不過即使不願意被搭話，免於傷害我就平穩收場的方法，肯定要多少就有多少。

為什麼要傷害我？

那是怎樣？該怎麼說，是的……她不就完全和我一樣嗎？歇斯底里做出奇特行徑，整個人壞掉的我——脆弱又危險的我。

哎，如果是我，即使下課時間結束，下一堂課已經開始，我也不會規矩回到教室吧（或許再也不會來學校）。總之現在發生的現象是這樣的，被轉學生搭話的忽瀨亞美子，連正眼都不瞧就逃出教室。

這一連串的事件，要是從班上同學的角度說明，就是一名在自我介紹時出包的轉學生，想和孤立的同班同學建立友誼，對方卻相當狠心地拒絕來往。

這是我這輩子的恥辱。轉學第一天，就算要碰一鼻子灰也該有個限度才對。以結果來說，自我介紹時口誤的過失或許就此更新並且一筆勾銷，但以更大的失敗彌補失敗毫無意義可言。

怎麼回事？難道那個女生知道我在直江津高中的各種惡行嗎？她的反應急遽又激烈到只令我這麼認為。

即使來到遙遠的土地，自認已經和過去切割，我不被原諒的各種所作所為依然寫在臉上嗎？不不不，不可能有這種事。

若是如此，就算這種傢伙在自我介紹時口誤，肯定也沒人笑得出來。全班應該會團結起來，排擠尋求人倫的我吧。

既然沒演變成這種不忍卒睹的下場，就代表那個女生之所以逃走，是基於她自己的難言之隱。

忽瀨亞美子的難言之隱。

……總覺得一說出來就過於理所當然，我對自己腦袋沒這麼機靈感到懊悔不已，但我只注意到她在教室裡處於「孤立狀態」的立場，完全沒想像「她為什麼孤立」的內幕。

我對於人際關係真是一竅不通。

若要說丟臉，我應該對於自己的不上進感到丟臉。若要說傻眼，我應該對自己的不禮貌感到傻眼。

丟臉傻眼而死吧。

初次看見一個人，就做出「她看起來沒什麼朋友，所以應該很容易和她成為朋友」這種膚淺至極的判定，這種傢伙真的死掉算了。接在阿良良木後面死掉算了。去死吧，阿良良木！

……無緣無故預設阿良良木死掉，讓我的精神好不容易恢復平靜，不過我面對這個大失敗應該思考的事，應該是對方為什麼看起來沒什麼朋友。

我不是名偵探，這種事不可能乍看就推理得出來，不過即使是我，肯定也能進行粗略的判斷，預測看起來沒什麼朋友的學生可能是不容易成為朋友的學生。

就像我一樣。就像阿良良木一樣。

不擅長交朋友，所以不容易成為朋友，這種人說來沒什麼特別，是多不可數的普通人種。所以忽瀨亞美子即使是這種人也沒什麼好奇怪的。

我真是的，甚至沒想到這種事，沒想過這種事，像是將數字除以二那樣隨便就接近她，試著想親近她，罪孽真是深重。

如果我想交朋友是一種罪過，那我已經充分接受懲罰了。「在眾目睽睽之下想交朋友卻被拒絕的傢伙」這張標籤，將會在我今後的生活成為一大障礙吧。我的天啊。

冷靜分析的話，我什麼都不該做。自以為是軍師擬定戰略，但是來到新學校還是會緊張，自我介紹的時候出錯導致心態失衡。

其實我只要將「轉學生」這個立場利用到極限，默默坐在座位就行了。這麼一來，班上自我感覺良好的領袖人物，或許就會主動找我說話。

轉學生會緊張，同樣的，迎接轉學生的一方也頗為緊張，為了消除這種緊張狀態，是的，真要說的話，他們與她們肯定對我深感興趣。

肯定有人前來試探，想得知我的真面目，既然這樣，我只要低調藏身，屏息以待就好。

然而，我生性不是這種守株待兔的人。主動出擊突破困境的心態，如果由特別的人種來進行應該是勇敢的偉業吧，不過對於我這種無能的人種來說，只是一種危險的壞習慣。因為這也意味著我是在遇到困難時無法求助的體質。

我就是像這樣，俐落地（也可以說笨拙地）鑽過溫柔鋪設在這個和平世界的安全網，直到現在。

企圖自力救濟，失敗至今。

國中時代，阿良良木沒有救我，但我當時如果沒有採取無謂的行動，或許意外地會出現不同的演變吧。我由衷這麼認為。

如果自尊心不允許自己被某人單方面拯救，那麼這份自尊心真是無聊透頂。這種東西，如果我知道該如何分類，我會立刻率先扔掉。為了保護尊嚴而無法保護自己，這種事只有特別的人種做起來才帥氣。

……不過，說不定忽瀨亞美子也是這麼想的？換句話說，就算轉學生主動搭話，要是乖乖上鉤也很丟臉。進一步來說，或許她以為這是某種陷阱而提防。

她在提防什麼？她在對抗什麼？

像這樣覺得這種做法很愚蠢，只限於當事人是別人的場合，若是換成自己，即使多麼不切實際或滑稽至極，也沒有比此更嚴肅的求生戰略了。

總之，我畢竟不是她，這始終是我擅自想像的，忽瀨亞美子或許是基於完全不同的原因無視於我衝出教室。

比方說，也可能單純討厭我。雖然肯定是初次見面，卻不保證沒在哪裡結過天大的梁子。就像阿良良木完全忘記我，對於我厭惡他勝過蛇蠍的理由也一副內心完全沒有底的樣子，我說不定也只是忘了忽瀨亞美子這個人。

我目前完全不相信我這個人，所以很難完全刪除這個可能性。總之，雖然我認為不是真的，但是我的國中時代，尤其是剛轉學比較逞強的那時候有點可疑。

不過，如果我有空幻想這種奇蹟般的重逢，我更應該盡快擬定今後的對策。

轉學第一天連續出糗兩次，是讓我臉頰快噴火的奇恥大辱。我必須在恥上加恥之前想辦法挽回名譽。

我這個落魄女孩早就沒有名譽可言，但我不能就這麼像是殘兵敗將捲著尾巴從學校離開。我這樣對不起箱邊夫妻。

必須想個辦法。

想個辦法。

……就像這樣，重複著像是反省又不像反省的痛快自虐，到最後重蹈覆轍犯下類似的失敗，我就是這樣的人。

在這個時候，我更應該不做無謂的事，暫時撤退重整態勢。

自我介紹的時候被嘲笑，接著又淪為笑柄。不過，如果這時候安分下來，肯定會有某些救濟措施。被孤立的學生拒絕，反過來說就是我到最後成功進入多數派。即使有點牽強附會，卻也不是不能做出這個結論。將忽瀨亞美子認定為「共通的敵人」，或許恰好讓我順利加入這一班。

只不過，將這種機會悉數化為烏有，正是不幸專員——老倉育的真工夫。

明明想博取他人好感，卻踐踏他人的善意。這應該是因為我基本上不相信人類的善意吧。應該是我認為厭惡比善意更值得相信吧。

不，這是我要帥的說法，要帥的藉口，除此之外，像是不把加入多數派當成好事的想法，或是完全不想接受憐憫的想法，這種「小小的我」滿溢而出。一個個冒出來。

想挽回失敗卻犯下更大失敗的原因，大半都來自這群「小小的我」。這群「小小的我」明明各自行動，卻是紀律嚴明到神奇的軍團。

這次，她們的矛頭始終指向孤立少女忽瀨亞美子。受不了，我這個傢伙真的沒救了。

008

老倉同學對不起，我不是故意要傷害妳。當時只是基於逼不得已又進退兩難的隱情，無論如何都無法回應妳的厚意。那種事我不會再犯了，請妳原諒我。如果現在開始還不遲，我們就當朋友吧？今後我會叫妳「育」，不，讓我叫妳「歐拉」好嗎？拜託。

……如果我像這樣，希望忽瀨亞美子承認自己犯下這種不知道是否存在的過錯，那我真的沒救了。我才是處於進退兩難的狀態。

居然要和這種無藥可救的傢伙來往一輩子，我認為這完全是莫須有的懲罰。想到這裡，就覺得有人願意忍耐短短一個月的期間跟我和睦相處不是很好嗎？

雖然應該會留下討厭的回憶，但是沒有太大的損失啊？

不過，忽瀨亞美子完全不理睬。我每到下課時間就勤快示好，她卻持續把我當空氣。如同走在路上，有人發面紙卻一直無視的感覺。就像是露骨加快腳步，表明「我不想和妳有任何關係」早早走人，忽瀨亞美子總是匆匆忙忙逃離糾纏不休的我。「匆匆忙忙」只是我刻意形容得俏皮一點，讓原本早就傷痕累累的心受到的打擊減到最輕，實際上形容成「一哄而散」才正確。明明只有一個人卻像是散開般逃走，被留下來的我也無心去追，因此我二度、三度、四度成為班上的笑柄。

不，老實說，只要在某個時間點，忽瀨亞美子隨便講一句話「打發」我，我就可以當成成果收下，就此告一段落吧。

即使沒成功，只要獲得成果，我就能死心，然後很乾脆地打退堂鼓，抱著「大樹底下好乘涼」的想法改變方針吧。

不過，既然走到這一步，即使是畏首畏尾的我也變得無法退縮。舉起來的拳頭找不到地方放下。

不，要是這種狀況持續下去，我的拳頭應該會朝自己的腦袋揮下吧。自虐與自罰與自毀與自滅。

反覆反覆反覆反覆再反覆。

自己到了哪裡都是自己。

然後一切都變得無所謂。即使是其實可以重新來過的事，只要某部分出了問題，就會神經兮兮地放棄。

就像是稍微髒掉就扔掉整件衣服的潔癖。笑死人了。我這種骯髒的傢伙，談得上什麼潔癖？

聽說潔癖重的人，房間意外地容易散亂（好像是不想弄髒自己的手，所以沒辦法打掃之類的），如果有潔癖，那麼斷然放棄就好，我卻依然死纏爛打，拘泥於忽瀨亞美子。

回想起來，這只會讓彼此留下不好的回憶，別說互惠，甚至是只讓雙方一直有所損失的狀態。

如同我一直在丟臉，走到這一步，忽瀨亞美子也堪稱受到相當的恥辱。這就像是老倉劇團表演即興喜劇的時候無來由地拖她下水，她當然嚥不下這口氣。

所以，她才應該選擇斷然放棄，和我妥協，維持還算良好的關係，但她一直沒出現這種徵兆。

這無疑是溝通不良的狀態，盡是我單方面找她搭話，如今終於來到放學時間了。按照我當初的計畫，應該已經結交到午休時間併桌一起吃午餐的夥伴，或是放學後帶我參觀校內的朋友，但是這種理想的構圖，堪稱違反了上帝的安排。

孤零零一個人轉學過來的我，放學後依然孤零零一個人。雖然已經三年級，但我要不要加入社團呢……今天的結果悽慘到令我冒出這種想法逃避現實。

沒臉見人。無法將臉朝向東西南北任何方向。

明明想對阿良良木那傢伙展現「人是會改變的」這個道理，卻反而展現「本性難移」的道理。比起全班像是賞白眼的觀望態度，我更在意不在場的阿良良木投向我的視線。

不過，如果阿良良木在這裡，我大概會挖出他的雙眼吧。我對自己就是如此失望。

即使如此，我還是沒放棄。（放棄好嗎？）

放學後，我咬著嘴脣認定這是今天最後的機會，在班會結束的同時，超越再三甚至再四，第五次跑向忽瀨亞美子的座位。不過，我的這個行為似乎早就被摸透。在我轉身的時候，忽瀨亞美子已經無影無蹤。利用轉學生這個立場拜託她帶我參觀學校的作戰就此泡湯。

我的天啊，如果她願意帶我參觀，我原本打算大人大量，原諒她一直無視於我的行徑……恬不知恥妄想賣這種人情的我，個性的惡劣程度似乎終於增加，不過既然達到第五次，我終究沒因為她跑掉就愣在原地。反倒該說我直到第五次都一直愣在原地，可以說遲鈍到有剩。

已經沒有下一堂課。我可不打算厚臉皮杵著不動。追她吧。

為什麼執著於忽瀨亞美子到這種程度？到了這個地步，當事人與班上同學都感到詫異吧。事實上，班上同學在我拿著書包奪門而出的時候，終究已經沒有笑著目送我的身影。

完全是以看見怪胎的眼神看我。

如果是機靈一點的人，或許會猜想我和忽瀨亞美子昔日留下某些過節，不過很遺憾，這個推測錯上加錯，到頭來，堪稱昔日和我留下過節的對象，頂多就只有阿良良木。

而且，即使當然比不上阿良良木，不過忽瀨亞美子持續強烈抗拒我到這種程度，我幾乎快要討厭起她了。

激烈的憤怒促使我奔跑。

放學後請她帶我參觀學校，或是一起放學閒逛市區之後喝杯茶，這種詩情畫意的預測，已經不存在於我的腦海。

要是追上她，我反倒會抱持敵對心情，對她說教，要她適可而止。

感覺甚至已經不是想成為朋友，單純是為了發洩鬱悶情緒而追她。我主動示好，忽瀨亞美子卻拒我於千里之外，所以我要讓她吃不完兜著走……要說我抱持這種壞心眼動機奔跑，和事實應該相差不遠吧。

我這個人徹底完蛋了。

不過，說來意外，我明明總是會抵達名為「徒勞無功」的終點站牌，但是這種扭曲的習性只在今天沒有凋零，而是終於開花結果。

這方面和我應付阿良良木、戰場原黑儀或羽川翼的時候不同，我感到掃興、失望，甚至因為亂了步調而不知所措，不過我在走廊奔跑不久，忽瀨亞美子突然在階梯處停下腳步。

她將細細的手臂嚴厲抱在胸前，像是威嚇般狠狠瞪我。她的「埋伏」出乎我的意料，所以看到彷彿要射穿我的那對視線，我終究畏縮了。

畏縮之後，情緒一下子冷卻。直到剛才，我都下定決心要追忽瀨亞美子到天涯海角，不過真的追上之後，我不知道該做什麼事，該做什麼表情。

我當然沒辦法在這裡說出「給我適可而止」這種話。站在客觀的角度來看，必須適可而止的人是我。

不過對我來說，要我站在客觀的角度來看，比起要我當鳥或是貓困難得多。當狗的話就還好。

將人類進行評比，納入階級表，到最後看對方逃走就去追，這真的是狗吧？想要當玩具玩，所以追著忽瀨亞美子到處跑的感覺？一個不高興就不管三七二十一看人就咬，我是野狗嗎？講得直接一點，是瘋狗……要是被這種狗親近，還被迫追著跑，忽瀨亞美子當然會一臉憤怒地迎接我。終於忍無可忍了嗎？反倒該說她忍到現在真是了不起。我這種傢伙糾纏不休的行為，她成功忍了一整個工作天那麼久，在班上孤立的這個女生，個性該不會比我想像的還要好？我開始以極度冷卻的腦袋，心不在焉思考起這種事。

不過，我聽到「Ondore」這個恐嚇般的低沉聲音，所以驟然回神。嗯？她說什麼？為什麼？公雞？慢著，我確實剛好想到自己沒辦法當鳥類……而且還是公雞？什麼？怒髮衝冠的意思嗎？咕咕叫到處亂跑的感覺？話說回來，這句話是這個女生說的？她說我是公雞？（註1）

臭罵我到這種程度？

「什麼嘛，腦袋秀逗嗎？Ondore。」

聽她這樣重複一次，我就懂了。不是「公雞」，是「Ondore」。因為是方言所以難以理解，但這不是罵人，只是在叫人。等一下，「腦袋秀逗」明顯是在罵人吧？

不過，這或許也是這個土地的方言，意思是「頭很小」，是稱讚我頭身比例的詞……想到這裡，我就不能貿然激動。任何事情都急著下結論，任何話語都視為對我的攻擊，只會讓我活得痛苦。不能完全照字面來解釋，必須解讀背後隱藏的語意。不過依照我的評價，即使抽出語意，第二人稱的方言「Ondore」也充滿惡意。

註1　「Ondore」是大阪腔使用的第二人稱，與「公雞」音近。

「老娘明明特地迴避了，這是怎樣？妳這傢伙真的瘋了嗎？」在我思考的時候，忽瀨亞美子就這麼瞪著我，連珠砲般撂下這段話，直到剛才的無視與沉默都像是假的。

……我講話也不太算是得體，不過忽瀨亞美子措詞粗魯到和她文靜的外表格格不入。

不，總之，應該只是我沒聽慣，所以聽起來比實際上來得粗魯，在這個地區應該是耳熟能詳的方言吧，不過，我的人生經驗沒有累積到足以即時應對陌生的風土或文化。

可以的話，我甚至想要翻譯。

滿腦子只有自己的我，在這種部分動不動就毫無自覺，不過我重新體認到我這個轉學生在這裡始終是異邦人。就像是接受滔滔不絕的教誨。

「往這裡走。」

忽瀨亞美子說著對我招手，不等我回應就走上階梯。如果要放學，當然是要走下階梯，既然她往上走，就代表她似乎願意分給我一些時間。

要是就這樣在這裡交談，不久應該會撞見班上同學們，所以她說要換地方，應該不是突發奇想吧。

不過，說到我要不要厚臉皮跟著她行動，就有考慮的餘地。此時如果我不經意從忽瀨亞美子的言行感受到危險的氣息，刻意選擇往反方向走，似乎也不是突發奇想，而是應該選擇的正當想法。

既然她隨口應付過我，就以此當作成果收手……若要這麼說，認定現在是收手時機，就某方面來說也是成熟的判斷吧。成熟的判斷，正確的行動，符合淑女風範的最佳解。

即使如此，人們也期待老倉育這個人也無法進行成熟的判斷，不會採取正確的行動，即使被拜託也不會選擇符合淑女風範的最佳解。這個局面的我無法背叛他們的期待。

不是因為我想知道忽瀨亞美子為何這麼迴避我。

也不是無論如何都想知道她在班上孤立的隱情。

老實說，我不想這麼深入。

我是個只想到我自己的傢伙，內心願意為他人考慮或者想的縫隙連一毫米都沒有。若要說有，頂多只有討厭那個討厭男生的空間。

若是不怕誤會說出真心話，我對忽瀨亞美子的個性絲毫不感興趣。即使如此，我依然再度想從她背後追過去，大概是因為忽瀨亞美子說出應該是「跟我來」的話語，我抱持著想逃離恐懼的心情覺得非跟不可吧。

比方說，即使在這時候轉身背對她，也完全不算是逃走，即使可以成立，這也不是逃避，而是避難。我腦袋非常清楚這一點，卻還是踏上階梯。

所謂的沉入血海，大概就是以這種方式沉入的吧。

009

回想起來，這是我這輩子第一次接觸到方言，或許才因此感到困惑，選擇了不算正常的愚蠢行徑吧——我也可以為自己做這種小家子氣的辯護。

國中時代轉學的學校不會太遠，所以我不曾因為講話的細微（偶爾是巨大）差異吃驚。不，嚴格來說，我像這樣日常使用的話語，當然也包括在方言的體系無誤。

即使是公認為「標準語」的話語，追根究柢也是某個地方的方言吧。「正確的遣詞用句」是柔弱的共同幻想。

在這個共同體之中，我的遣詞用句才是少數派，這是我應該銘記於心的事。就我來看，忽瀨亞美子的遣詞用句（即使除去應該包括在內頗為強烈的惡意）雖然粗魯，不過從住在當地的她或是班上同學來看，我的遣詞用句只被當成不融入當地又俗不可耐的東西而無法接受。

我遭受眾人失笑的自我介紹，即使假設可以沒口誤成功說完，或許還是會遭到嘲笑。畢竟在十幾歲的這個年紀，應該鮮少有機會實際聽到非當地人不正統的遣詞用句。

基於這層意義，與其被當成裝模作樣的轉學生，被當成笑柄或許比較好。不過，這種「不幸中的大幸」，也因為我依然以現在進行式持續犯下的失敗，如今完全變成白費力氣。

我是糟蹋好運的天才嗎？

這也是老套的「轉學生慣例」吧，像這樣跟著忽瀨亞美子走上階梯之後，開始洋溢著「給新來的下馬威」的氣氛。

忽瀨亞美子之所以在班上孤立，該不會因為她是不良學生吧？只憑那一瞬間的互動，我不應該講得像是已經摸透，不過這個女生看起來個性強勢，自我也似乎比個性更加強勢，我這個想像或許挺實際的。

那麼，我將會一反預期，選擇「加入不良集團」這個選項（沒有大到可以稱為集團就是了），但我應該沒辦法稱讚自己獲得豐厚的成果，反倒想斥責。

妳這個誤會大師。

是以「免許皆傳」為目標嗎？

如果說要拉攏立場強勢的不良學生，先不提是好是壞，這是了不起的處世之道，不過在幾乎敵對之後才終於知道對方立場，那麼根本談不上什麼處世。

她會不會揍我？我不要這樣。

我討厭暴力本身，不過更討厭在轉學第一天鬧出問題。公立高中在這方面的管制應該比私立寬鬆，但還是有退學之類的懲罰吧。

這時候就效法戰場原黑儀，在被揍一拳之後假裝昏倒，將傷害壓到最小，展現這種技巧撐過去吧……但我不認為自己那麼會演戲。

不過如果是假裝死亡，我或許做得到。畢竟我已經等於死掉了。

我胡思亂想，囚禁於這種不安的不久之後，被帶著走上階梯的盡頭──校舍的樓頂。

直江津高中的校舍樓頂沒開放，所以這是新奇的體驗。話是這麼說，不過放眼望去的風景，和我想像的「校舍樓頂」樣貌相左。

當然是人造草皮吧，整體打造得像是庭園，圍繞樓頂的柵欄，是高到看起來實在無法翻越的鐵絲網圍欄。

總之，在這所學校似乎很難跳樓自殺……與其說是防墜圍欄，給我的印象更像是身處在動物園的牢籠裡。

不只是四面八方，抬頭往天空看去，正上方也設置網眼很密的安全網……校方以為十幾歲的孩子會飛嗎？

不對，不是這樣。這是設計成能在樓頂打躲避球。

總覺得很像是都市裡的學校。

只不過，就我所見，放學後的樓頂沒有人，難得活用死角空間的措施，也很難說得上是有效運作。不過校方肯定沒想過，這裡會被當成叫轉學生過來的場所吧。

想著想著，忽瀨亞美子就這麼背對著我，「妳這傢伙是想怎樣？喂，妳想做什麼？老娘明明很明顯在迴避了，為什麼還糾纏不休？啊啊？」以凶狠的語氣喋喋不休，老實說，我完全聽不懂她在說什麼。

原因在於文化不同的樓頂使我分心，加上我聽不習慣她的方言，不過更重要的是她講得太快，我沒能聽清楚。

如果壞心眼曲解，忽瀨亞美子現在或許也和我一樣處於緊張狀態。她聲音稍微變尖的原因以這種方式解釋，就不是「不良學生準備修理白目轉學生」這種制式構圖。

若她不習慣進行不良行為，就可以這樣解釋。

那麼，既然這樣，若問我現在身處什麼狀況，就不是思考就能得出答案的問題……只不過，光是思考也不是辦法。應該說，如果我只是沉思不語，光是這樣恐怕就會被認定在反抗。

這只是「或許」或「有這種感覺」這種程度的事，還沒確定忽瀨亞美子是性急又暴力的問題學生。

拍不良學生的馬屁，應該是我做不到的行為，即使如此，既然這樣，我更應該盡力而為。我如此下定決心，說出「我做了什麼惹妳不高興的事」這種意思的話語。我貿然開口就會變得激動，不知道會說出什麼話，所以我盡量講得簡短。

忽瀨亞美子對此的回答是「開什麼玩笑，妳想被拖下水嗎？蠢貨」。語氣稍微放慢，但她還是說得很粗魯，我沒自信好好聽清楚。「蠢貨」？人生在世會被人當面這樣罵？

忽瀨亞美子就這麼背對著我，所以嚴格來說不是當面，不過從她的語氣，我能以百分百的透視度看見她的表情。

憤怒的神情浮現在眼前。

不過，她就這麼背對和我對話的姿勢，與其說是姿勢更有點像是裝模作樣，總覺得她好像在為自己陶醉——自我陶醉。

我也是如此，所以不經意這麼想。

回想起來，她在階梯那裡雙手抱胸埋伏等我，總覺得也像是裝出來的，是作戲。從好壞兩方面來看，她欠缺真正演員偶爾所展現不容分說的魄力，不過這種粗糙的冒牌感，也產生另一種魄力。

……只不過，我對她已經誤判好幾次，所以我的評比不值得信賴。到頭來，我並不喜歡「How much」這個綽號，但我濫竽充數的鑑定能力配不上這個評價。

總之，無論是何種形式，我如願和她交談。

人與人的面對面。

雖然整體來說和我的願望不同，不過我成功和忽瀨亞美子交流。就這樣持續下去吧。語言的隔閡，肯定能以表情或肢體語言克服。

等等，不同於還在看她背部的我，她完全沒看我。「看我這裡啊！」我好想這樣大喊。

此時，忽瀨亞美子說著「幹麼？」轉過身來。心電感應？不對，不是這樣。想這樣大喊的我，好像真的喊出來了。

任憑衝動的驅使。

糟糕，我控制不了自己。無法承受緊張狀態，逐漸變得不知所措。我正要脫離我的控制。

最壞的狀況，即使對方動用暴力，只要我始終是受害者就有辯解的餘地，不過如果是兩敗俱傷，甚至成為單方面的加害者，說真的，甚至會遭到退學處分。一個不小心還會鬧上警局……

不過，說出口的話語收不回來，只因為忽瀨亞美子轉身瞪我就要我說「對不起」更是難事。所以我說了「對不七」。我想裝作七歲兒童克服窘境，不對，我根本不知道自己要做什麼。正如預料，忽瀨亞美子回應「啥？」，完全一副疑惑的表情，還把臉湊過來，像是要進一步威嚇。

這部分要說像是演員也確實很像。

即使是像這樣藉由「扮演」來鼓舞自己，演技也過於誇大——裝模作樣。

不過，別人的事情我說不出口。

連「對不起」都說不出口。

「被轉學生首先搭話……」忽瀨亞美子接近到能感受呼吸的距離，就這麼進入正題。「老娘該怎麼解釋？意思是被妳瞧不起嗎？」以方言所說，像是找碴的這段話，果然只要直接看著對方的臉，就能在某種程度意譯出來。俗話說眼睛比嘴巴還會說話。我的眼睛雖然不如嘴巴，卻知道忽瀨亞美子想說什麼——應該說知道她在說什麼。

妳是在瞧不起我嗎？

聽她這樣逼問，哎，雖然非我所願，不過應該是在瞧不起吧。不過與其說是非我所願，應該說是下意識，與其說是下意識，應該說是毫無自覺，這樣的形容詞比較逐漸接近更殘酷的真相吧。

既然對方是看起來在班上孤立的學生，即使是不熟悉當地民情的轉學生也容易一起攜手，而且是從較高的地位走過去伸出援手。若問我是否有這種想法，當然是打從一開始就根深柢固存在著。

如同這種膚淺的論點被道破，我丟臉得不得了。說到最不該的地方，在於以我的狀況，這種丟臉很容易連結到激動。居然如此嚴厲責備這麼悽慘可憐的我，妳難道沒有人心嗎？我想要如此反駁。

精神層面何其貧瘠。

我也明白這一點（早就明白了），所以我用盡渾身解數，動員全身的肌肉，好不容易保持沉默。無視於繼續以方言欺壓我的忽瀨亞美子，靜待暴風雨離去。

現狀明明是我被她無視到生氣而產生的，現在卻輪到我無視於她，說來真是諷刺。

只是，現在的我需要的是自制心。

不對，應該說是無心的自制。

完全不講話大概也不妙，所以我不時附和，內心卻在想「這種無意義的時間趕快結束就好了」。要我出言道歉會令我強烈抗拒，但如果是作戲勉強在臉上擠出反省的神色，我並不是做不到。

我知道了，所以讓我回家吧。

我厚臉皮地以言外之意暗示（明明不知道），但我像這樣感到不耐煩的這段時間，風向似乎變了。我急著鎮壓隨時會滿溢而出的自我意識，忽瀨亞美子的話語明明比較重要，我卻當成耳邊風，所以不知道風向究竟從哪裡變成這樣，但她不知何時對我滔滔不絕地說起現在班上的領袖是叫做珠洲林的女生，客藤是好人所以肯定會親切對待我，男生那邊只要拉攏叫做端村的傢伙，大部分的問題都能迎刃而解之類的情報。

我即使察覺這一點，依然好一段時間完全聽不懂她在說什麼，不過忽瀨亞美子似乎在指導我如何安穩待在這一班。

那一班的階級關係，應該說人際關係的構圖或是生態系的網路，她鉅細靡遺地向我說明。誰處於何種立場；誰具備何種個性；現有數個小團體的勢力圖；甚至是誰正在和誰交往或曾經交往，連這種老實說我不想知道的俗氣情報，忽瀨亞美子都以粗暴的語氣熱心對我說明。

她一口氣公開多達四十人的班上同學個人資料，還加上各人之間的關係，我很難徹底掌握。這邊連所有人的姓名都還記不得。只勉強認識姓氏罕見的學生，或是和以前朋友同姓的學生。

這也是溝通障礙的一例吧，只不過，先不提我的駑鈍，這樣簡直像是我以轉學生的身分找忽瀨亞美子商量事情……不，正是如此。

若是傾聽她的說明並且好好做筆記，這些情報量應該足以讓我勉強撐過接下來一個多月的日子。不過，就算我善於為人處世，是可以和任何人自然建立友誼的女生，在這短短的一個月，應該也無法如此詳細熟知四十人分的個人情報吧。畢竟誰和誰有一腿這種像是緋聞的插曲，我也不想知道。

只是我明知如此，卻遲遲不想從書包拿出筆記本，原因在於我實在無法理解忽瀨亞美子為什麼要給我這種情報。現在這個場面，明明應該只是單方面抨擊我急於求成的膚淺，她究竟是基於什麼原因施捨這種恩惠給我？

難道忽瀨亞美子表面上態度粗暴，其實是充滿人情味的貼心傢伙？我這個人沒有率直到能夠接受這種解釋。我不承認「面惡心善」這種傢伙的存在。

反倒應該認定忽瀨亞美子想將我這個麻煩人物亂扔、硬塞給其他同學，對我來說才是最自然的解釋。

照顧轉學生這種事麻煩死了，鬼才會幹。如果忽瀨亞美子的教導是來自這種心態的翻轉，我就不是不能乖乖接受。

簡單來說應該就是「滾去那裡」，但她不只是指示方向，給我道路地圖，還詳細幫我導航，所以正常來想，我應該把這裡當成著陸點。

是著陸點，也是折返點。

我應該向忽瀨亞美子說謝謝，表達謝意，接下來回到班上，和珠洲林某某或客藤某某或端村某某搭話才對。雖然經過不少時間，不過或許至少有一人還在教室。

雖然步驟從一開始就出錯，但現在正是按下重設鍵的時機，是重新來過的機會。呵呵，明天要和誰成為朋友呢？

不會冒出這種想法的女生，正是我老倉育。

我無法做出正確的選擇，而且會進一步懷疑已經透徹的結論。

想將我這種麻煩的轉學生塞給其他學生，這種心態我可以理解。如果站在相同的立場，我也會這麼做吧。光是顧好自己就沒有餘力，哪裡有空隨時關心異鄉人？這種想法我非常能夠理解。畢竟高三很忙，還得唸書準備考大學。

不過，即使嘴裡說「我站在相同立場也會這麼做」，若問實際上是否能這麼做，我只能說還是未知數。

因為如果是我，要我找到能夠亂扔的對象，能夠將轉學生硬塞過去的對象，我內心沒有人選。因為我明明是會評比他人的低級女生，卻完全不知道班上同學各自擁有何種個性。

如果稍微知道大家的個性，我就不會開庭進行那種學級審判。結果也不會被悽慘驅逐，流落到這所宍倉崎高中吧。

是的，既然著陸點是這裡，疑問點就是那裡。

忽瀨亞美子為什麼如此詳細掌握班上同學的個人情報？為什麼鉅細靡遺熟知各人的個性、階級關係與利害關係？

我對此感到詫異不已。

與其說詫異，應該說我不得不懷疑。她的立場不是轉學生，所以知道同班學生的情報或許沒什麼好奇怪的，但我疑惑的不是這一點。

既然擁有這種有益的情報，自己實行這個計畫不就好了？我這麼想。

既然如此熟悉班上的勢力圖，就不可能在班上孤立。不提別人，我就是最好的例子，孤立的最大要素，在於對他人的無知與漠不關心。反過來說，如果熟知他人、關心他人，那就不太容易孤立。想孤立都無法如願。若要說我把別人稱為「他人」是我先入為主的觀念，我就沒什麼好反駁的，不過處於孤立狀態，和周圍的人有隔閡，我很難想像有什麼辦法得到這些人的個人資料。

就算這麼說，我也很難認定忽瀨亞美子是在說謊撐場面。為了趕走我而亂編一堆情報，確實可以當成說明現狀的理由，但是不太實際。

如果她在說謊，我覺得過於逼真，造假能力過於高明。捏造四十人分的個人情報，再怎麼說也稍微脫離常軌吧。

這已經是特別人種所做的事。

像這樣獲得的情報，應該得驗證正確程度，不過很難想像這都是憑空捏造出來的。「妳很囉唆耶，不然老倉，妳到底是怎麼想的？妳那殘缺的腦袋瓜在胡思亂想什麼啊？反正妳想的都是錯的，就乖乖抱著感謝的心收下這些恩惠好嗎？呆子。」感覺我聽得到阿良良木對我這麼說。

……我知道的，阿良良木不會講這種話。

只不過，我如果要好好思考，就非得讓我腦中的阿良良木表明反對意見。對於阿良良木的反抗心態是我的驅動力。

妄想中的阿良良木聲音，比起近距離氣沖沖的忽瀨亞美子聲音更令我不悅，像是掏挖深處般影響著我。

無論處於多麼高壓的狀態，只要在幻想中揍飛阿良良木，就可以舒坦到某種程度。忽瀨亞美子施加的壓力算不了什麼。

話是這麼說，但我心中的阿良良木，並不會幫我脫離困境。總之，光是忽瀨亞美子沒對我動粗，現狀就不是最壞的狀況……

即使如此，她究竟有什麼企圖？我無法拭去這份懷疑。如同我敵視所有人，所有人也敵視我，一有機會就想對我不利……這種想法已經不只是不相信人類，而是誇大妄想的領域（陷害我這種人又能怎樣？誰能得到什麼好處？），即使如此，我無論如何還是無法接受。

如果只看結果，多虧忽瀨亞美子，我得以就某種程度掌握至今不明就裡的班上樣貌……不過，即使我徹底當個忠實聽眾，她機關槍般說明的終於結束，我也終究沒能向她道謝。

光是她沒有反過來逼問「妳是想怎樣？瞧不起老娘嗎？」，就代表我還算誠懇吧。對於他人強加的好意，我的內心已經學會在瞬間反抗，不過或許因為發現可疑之處，我的精神才得以穩定下來。

可疑之處。

簡單整理一下，這種情報應該要由現在孤立的妳來使用才對。不過，大概是我沒道謝所以不高興吧，她說「妳那是什麼眼神？」狠狠瞪我。確實，至少我沒給她良好的反應，但她挑剔我的眼神，我也不知該如何是好。我的眼睛本來就長這樣，要抱怨麻煩找我的父母——但我沒父母就是了。

對於我不表示感謝的反抗態度，忽瀨亞美子就像是死心了，終於將自己的臉離開我的臉。剛才她接近到臉頰幾乎相觸，所以老實說，我鬆了口氣。

我的私人領域是「手腳碰不到的距離」，所以光是稍微離開，我的人際壓力也還沒完全消失，但我光是和別人面對面就會感受到壓力，所以老實說，如果她願意像剛才那樣背對我，會幫我很大的忙。

我說不出這種真心話（即使不是我，也不可能開口要求「請妳背對我說話」吧），不過忽瀨亞美子實現了我一半的願望。

又是心電感應嗎（也就是我又一時激動說出口了嗎）？我慌了一下，然而不是那樣。忽瀨亞美子想說的事已經說完，所以她將我留在樓頂，轉過身去，似乎打算回去。

慢著慢著等一下，要在這種不上不下的狀況做結？我原本想留下她，但我一時之間想不到該怎麼稱呼忍瀨亞美子（忍瀨姊？這麼稱呼好像是我在怕她？忍瀨妹的話太親近？直接叫忍瀨？這樣就某方面來說也太親近？而且以我現在的心理狀態，要是叫出沒叫慣的姓氏，可能會口誤？到頭來，她的姓名真的是忍瀨亞美子沒錯嗎？整個腦袋亂七八糟），只能眼睜睜目送她離開。

喔喔，何其無力的感覺。

這樣下去，我就只是一直聽她說，她也將想說的都說出來，現在確實是結束的好時機吧，但是我想說的完全說不出來，只處於消化不良的不完全燃燒狀態，必須獨自悶在心裡。

感覺像是以粗魯的手法，強行將事情圓滿收場。

不過，到頭來，若問我有沒有想說的事，其實並沒有。

我之所以執著於忍瀨亞美子，是因為她把我當空氣。我對此感到火大。

只是因為我不想承認首先對她搭話是自己判斷錯誤，才會死纏爛打。對於行動目的沒有明確的自覺。真要說的話，我不覺得有什麼目標，只覺得自己是受害者。

居然無視於繃緊神經如此努力的我，不可原諒……面對我這種任性的行為，忍瀨亞美子堪稱作出常人難以做到的反應。

她沒和我一起吃午餐，也沒帶我參觀學校，但是她提供的情報足以彌補還有剩。雖然這麼說很過分，不過無論背後有什麼樣的隱情，事到如今她可以說沒有利用價值了。

……這麼說真的好過分。

不過，這不是我說的，是當事人這麼說的。我已經盡責當妳的踏腳台，所以別再和我有任何瓜葛了……她應該是對我這樣主張的吧。

我不會說我沒有把她當成踏腳台的意思。我之所以對她搭話，是要當成融入班級的第一步，說穿了就是橋梁，這是無法撼動的事實。

就算我說，如果按照計畫融入班級，也不會在這時候切割忍瀨亞美子，也很難讓對方相信吧。應該說，被害妄想症嚴重的我，絕對會解釋成下面這樣。

「之所以找我搭話，只是希望我介紹班上同學吧？好的好的，所以這樣就行了吧？妳並不是對我感興趣吧？」

……我肩膀下垂，嘆出長長的一口氣。

就這麼撐不住自己的身體，蹲坐在樓頂的人工草皮。抱著雙腿蹲坐。新買的制服裙子髒了，但我無暇理會。

該怎麼說呢……舉個例子……假設有個裝滿廚餘的塑膠袋……半透明，看得到內容物的七十公升塑膠袋……我——老倉育站在這個袋子旁邊……「好啦，選擇其中一邊搭話吧？」聽到這個要求，任何人都會毫不猶豫選擇廚餘袋。我真的真的真的就是如此無藥可救的賤貨。

在這個狀況會選擇我的，非得是阿良良木那種怪人才行吧。不過，就算這麼說，只有我不能拋棄這樣的我。

如果這是別人，這種傢伙我真的會率先割捨，不過這是我。我怎麼可以不保護我自己？

不是好惡的問題。就算這個樓頂沒有圍欄，我也絕對不會跳樓。

即使被罵，也不會沮喪。

雖然現在蹲了下來，但我立刻就會起身。切換心態吧。忽瀨亞美子的事，總之就此好好做個了結吧。

哎呀，我挺厲害的嘛！

結果至上！

雖然比不上我，但忽瀨亞美子的個性似乎也挺棘手，如今我省去和她培養感情的工夫。以轉學生來說，這反倒算是順心如意吧？「吃虧就是占便宜」就是在講這種事吧？

感覺即使占到便宜也失去人品，不過換個想法，忽瀨亞美子免於和我這種沒人品的傢伙有所瓜葛，這麼想就覺得自己做了好事。

什麼嘛，盡是對彼此有利的結果耶。嘻嘻，做好事之後的心情真好。我以這種常人實在想不到的心態，好不容易重振精神，身體也重振了。

正如預料，裙子滿是壓痕，不過比起我眉心的皺紋，這種程度只是微乎其微吧。要認定這樣比較適合我。

好啦，雖然時間很晚了，不過為了活用到手的情報，在踏上歸途之前，姑且回教室看看吧……希望還有感情好的小團體還在愉快聊天。

畢竟是考生，既然放學後留下來，應該不是普通的聊天，而是讀書會……讀書會這個詞，是毛骨悚然程度僅次於阿良良木的詞，如果真是如此，我想要好好忍住，克制雞皮疙瘩，展現出加入他們的度量。

我擅長用功。比人際關係擅長得多。

我一邊下樓，一邊後知後覺地思考，忽瀨亞美子之所以不惜洩漏同學的個人情報也要拒絕我，或許是因為和我抱持相同的想法。真的是後知後覺。

因為是方言，所以我沒有順利聽懂，但她從一開始就說過「明明在迴避了」以及「想被拖下水嗎」這種話。

以我的狀況，只不過是用來自我辯護的藉口，不過以她的狀況，或許是基於由衷的親切之意，認為「不應該和我這種棘手的人有所瓜葛」而無視於我。

未必沒有這種可能性。

話是這麼說，我這輩子也數度孤立，卻完全沒有因而拒絕他人。認為孤立的人只有自己就夠，因而拒所有人於千里之外，這是人之常情。為了朋友而不當朋友。

我的人生存在著這種浪漫有什麼錯？

那麼，認定忍瀨亞美子為了避免我被捲入她的孤立，才會為了我指引道路，這也是不錯的想法吧。不知道班上內情的轉學生，一不小心加入危險的小團體，後來難以度過正當的青春生活，這是校園連續劇常見的劇情。

孤立的人只有自己就夠了。

哎，這也相當自我陶醉就是了……回顧自己的經歷，這只不過是陶醉在孤獨之中，但我不會冒出「要什麼帥啊，我又沒主動拜託，知道了知道了，為了保住面子就隨便吧」這種想法。

這麼一來，我忽然在意起她孤立的原因……我這麼說當然是騙人的。我是連廚餘都不如的人渣，所以不會在意別人的事。

這個想法，等到我行經走廊抵達教室門口，就會雲消霧散。無論忍瀨亞美子究竟隱藏多麼嚴重又神奇的苦衷，對我來說都是平凡無奇不足為提，我比她重要得多，切實得多，而且無比可愛。

這種自我中心的女生，人生當然不會一帆風順，即使我鼓起勇氣開門，教室裡也沒有人。我好像聽到空無一人的死寂音效。

如果正在舉辦讀書會就加入成為一員的決心，我察覺是一種極度順心如意又丟臉的妄想，差點再度跪地，但我撐住了。在沒有人工草皮的地方跪下來，膝蓋骨會裂開。

只是，冥冥中註定的這個撲空使我意外受創，我沒心情立刻回家，就這麼進入教室。不是前往自己的座位，而是站在講桌旁邊。

既然是空無一人的教室，我這種傢伙應該也能好好進行自我介紹……我如此心想而採取這個行動，不過真正站在這裡，看向空無一人教室的瞬間，我覺得這樣很荒唐。在放學後的無人教室重新進行自我介紹，不是正常的行徑。能在最後關頭回神真是太好了。

複習自我介紹的行徑，實在是過於莫名其妙。只不過，總之我再度像這樣站在該處，就覺得終於得以好好觀看自己轉學教室的景色。

因為沒有人，所以能看透各個角落，這麼說是理所當然的，但我還是深刻覺得當時因為緊張，所以什麼都沒看見。畢竟從中途開始，我的眼睛就只看著忽瀨亞美子，我的腦中只想著那個女生。此外就只有討厭阿良良木的心情。討厭阿良良木討厭阿良良木討厭阿良良木。

視野的狹隘非比尋常。

不對，不是視野，是精神的容受度非比尋常。極度不適合面對多數人。就憑我這種心理強度，直江津高中好歹擔任班長的職務。和羽川翼差太多了。

視野如此狹隘，觀點如同近視，這種傢伙無論如何都不應該站在他人之上。即使站在他人之下，也只會害得上位的人困擾。別說站在他人之上，甚至要避免站在上風處？

說真的，我這種傢伙怎麼活下去才正確？我實在不認為有正確的路可以走，即使有，我大概也走不了這條路吧。不過，我這種傢伙肯定沒這麼常見。

其他人怎麼樣呢？

同樣老是失敗，即使知道怎麼做才正確也做不出來，一直抱著相同煩惱至今的人們，究竟是怎麼活下去的？果然同樣老是失敗，即使知道怎麼做才正確也做不出來，一直抱著相同煩惱至今嗎？

我絕對和這種人處不來。也不想為他們加油打氣。

至今還在某間教室，在放學後的無人教室，獨自胡思亂想，沉浸於思緒的女生，我和這種人沒什麼話好說。

這是在假裝揮灑哪門子的青春？

算了，回家唸書吧。

就騙箱邊夫妻說，感覺可以在這間學校快樂度過吧。只要完成這項任務，就認定今天這一天完全順利進行吧。對自己打分數的時候放低標準，透過這種自暴自棄的自傷行為，肯定能讓我舒坦一些。

明天再努力吧。

今天狀況不好。今天是我不好。

明天我應該也不會好，不過努力不是罪過。我對自己這麼說，準備離開教室的這時候，不經意察覺某件一點都不重要的事。

因為是一點都不重要的事，所以一點都不重要，但是一旦由自己察覺，就會覺得這是世紀的大發現，誤以為這個發現肯定能大幅改變自己的人生。

又不是推理小說登場的偵探，只以某個發現為軸心，引發哥白尼式的轉變，使得局面一百八十度大幅變化，一鼓作氣邁向解決之路？我的人生不可能發生這種事。而且冷靜想想，這不只是一點都不重要，甚至完全是雞毛蒜皮的察覺。

沒什麼，就是課桌的數量。

愛好數學的我，有著計數的習慣。詳細來說（不過應該沒人想詳細知道我的事吧），看到規則排列的東西，我就會想計數。

數出排數與列數，相乘計算總數。總之，這只是一直改不掉的兒時習慣，不過比起我個性的惡劣程度，這也不足以稱為壞習慣。

然後，我不經意下意識地計算教室排列的課桌數量，不過課桌總數和班上學生總數不一致。

唔唔唔？

不對，無妨吧？

我轉學進來，所以數量不符是理所當然……不，還是不對。這班原本是四十一人，人數是質數，然後我厚臉皮轉學進來，換句話說，我原本認定這班現在的總人數是四十二人，可是課桌數量是七（排）乘以六（列）加一（餘數），等於四十三……是質數。

啊啊，是不是質數，現在一點都不重要。

問題不是這個……在直江津高中，沒有人數超過四十人的班級，所以我一直沒想到，不過總數明明是四十二人的班級卻有第四十三張課桌，這是怎麼回事？

……總覺得怪怪的，但這種突兀感很陽春。若是羽川翼這樣的特別人種，肯定會在這種平凡無奇的學校，在這種平凡無奇的教室發現出乎意料的驚人事物，不過像我這種不到常人標準的傢伙，看來只能做這種雞蛋裡挑骨頭的事。

即使如此，我還是歪過腦袋，以為自己算錯或是誤會什麼，反覆進行驗算。算著算著，我察覺講桌以透明膠帶貼著一張座位表。

啊啊，原來有這種東西。

是啦，即使是老師，如果是擔任班導的班級就算了，只負責上專業科目的別班學生姓名，不可能一一全部記得。而且，超過四十人就更不用說了。這人數在少子化的現代算多，不過這樣的編班更令人覺得或許是教師人數也減少了。如果沒這種東西，上課的時候想點名也沒辦法好好點吧。

仔細一看，這張座位表也寫著剛轉學進來的我——「老倉」這個姓氏。是特地重新準備的嗎？像這樣列在名單上，看起來彷彿我這種人也是這班的一分子，真神奇。不提這個，用這張座位表比對實際座位的排列，我得出一個怪怪的解答。不不對，用「解答」這種詞來形容太誇張了，我發現的事情就是這麼不重要。

總歸來說，只是這間教室有人缺席。只是因為我在自我介紹的時候很緊張，後來也只注意忽瀨亞美子一人，所以沒有察覺，這班原本就有四十二名學生。

我是這班第四十三名學生。

疑問很乾脆地解開，不過這麼一來，我就想釐清細節。請假的人是誰？

這張座位表只寫姓氏，甚至難以辨識性別，不過現在的我，擁有從忽瀨亞美子那裡取得的班上同學個人情報。模糊的記憶只要以這個線索補強，究竟哪個座位是空的，肯定能將可能性縮小到某種範圍。

想知道誰請假的這個想法，並不是單純的探求心。說到個中原因，在於今天疑似缺席的這個人，沒目擊到我這個轉學生出的糗。

自我介紹時出包，又一直被忽瀨亞美子無視，給人差勁第一印象的我，這個人沒有直接知曉。既然這樣，或許可以利用這份無知，和這個人交朋友。這種想法寫成文字，幾乎是騙徒的手法。

到了這個地步還想打腫臉充胖子？我對自己的膚淺厭惡透頂，但總之我查出缺席者的姓氏了。

是的，不只是縮小範圍，我甚至查出這個人是誰。

我的記性加上忽瀨亞美子提供的情報，從座位表依序刪除一致的長相與姓氏之後，只剩下一個座位。以刪除法鎖定的這個座位，寫著「旗本」這個姓氏。

不過，已知的只有這個姓氏。甚至不知道是男是女。

因為忽瀨亞美子提供的個人情報之中，完全沒有「旗本」這個學生的情報。

……總覺得別說從小小的突兀感一口氣解決事件，我反倒一頭霧水，彷彿綿密的謎題連鎖增殖，我開始不耐煩。

就像是不知不覺迷路闖進迷宮的心情。早知道不該以隨興的心情解謎。

當然，忽瀨亞美子的情報並不平均。某些人的情報量多，某些人少。例如從傾向來看，該說理所當然嗎，既然是女生忽瀨亞美子所提供，女生的情報傾向於比男生豐富，顯眼的學生或花俏的學生，個人事蹟果然也相對較多。當時我也在慌張，沒有好好計數，不過像這樣比對座位數量與近似名冊的表單就一目了然。

忽瀨亞美子完全沒提到的學生僅有一人。正是叫做「旗本」的學生。

這是怎麼一回事？

我想，應該沒什麼一回事吧。或者是不重要的一回事。

如果這種沒情報的學生另有數人，我可以接受這個說法。

然而只有一人，唯獨這個人完全沒被提及，不得不說挺奇妙的。不是失誤，感覺是故意的。

忽瀨亞美子刻意對我隱瞞「旗本」的情報？什麼原因？因為不想告訴我？為什麼？不想將「旗本」介紹給我這種棘手的傢伙？不，可是，這麼說的話，其他同學也……

……莫名有種討厭的預感。

應該說有種討厭的感覺。

因為缺席的人不知道我今天的大失敗，我就奸詐地將這個人設定為下一個目標，不過關於缺席者的情報，即使除去「我只知道姓氏」這一點，為了避免繼續陷入迷宮深處，感覺這時候還是撤退比較好。

笨人想不出好主意。

我只聞到失敗的味道。

平常的我，總是無視於這種預感，賭氣往前衝，但我從這張座位表，明顯感受到足以令這樣的我裹足不前的氣息。我像是要逃離這種預感，拔腿離開教室。不過，為時已晚。再怎麼追也追不上，再怎麼逃也逃不掉。

我——老倉育就是這樣的人。

010

甚至不知道輸給什麼東西，在這種神祕敗北感伴隨之下放學，就此結束這一天的話，我或許只要在箱邊家的自己房間消沉到谷底就可以了事，不過這天的我甚至無法風平浪靜地返家。

妳這傢伙連好好放學都做不到？到了這種程度，我甚至佩服自己真了不起，但我斷言這份霉運不是我一個人的責任。我傾向於動不動就自譴，但在怪罪別人的時候也傾向於毫不留情怪罪別人，這兩種傾向同樣強烈。因為我是人渣。

在樓頂和忽瀨亞美子對話，又在教室獨自浪費時間，當我要踏出校門時，天色也已經完全暗下來了，我卻在這個時間點撞見別人。

一組三人的女生。

依照忽瀨亞美子的情報，其中一人是班上位居領袖地位的珠洲林某某，加上另外兩人——這兩人好像是她的社團學妹。雖然不知道是哪個社團，但她們穿運動服，所以是運動社團。好像是結束社團活動返家。珠洲林是三年級，所以即使參加哪個社團，在這個時期肯定早就退休才對，不過退休後也頻繁到社團露臉的校友確實存在。

看她們一起放學，珠洲林某某似乎沒造成學妹的困擾。哎呀哎呀，看起來還受到仰慕，真是普天同慶。

受到學妹仰慕是什麼感覺呢……珠洲林……她的全名，對了，記得是珠洲林莉莉？

如果是在教室遇見她，我或許會鼓起勇氣主動向她搭話，不過現在這個時間點完全不對。

甚至可以說來得不是時候。

那張莫名其妙令我不舒服的座位表，害我精神消耗殆盡，在這種沮喪狀態，我沒有意願和別人說話。可以的話，我想裝做沒察覺，直接走過去。

幸好，對方看起來正在和學妹愉快聊天，「不好意思打擾」這種顧慮，是可以成立的藉口……明明是這樣才對，不過走在我前面不遠處的珠洲林莉莉，在即將穿過校門的時候，和兩名學妹一起停下腳步，轉身面向我。就像是封鎖我的路線，阻擋我的去路。呃。

看到她甚至有點得意洋洋的表情，我就察覺了。啊啊，這下子要找碴了。

我也有過不只是找碴，甚至不分青紅皂白見人就咬的時代（而且很難說我已經完全改頭換面），所以隱約明白。

找碴——以我沒預測的這種形式，和班上同學進行的這段交流，就是老天為我準備，今天最後的一個事件。

求之不得，也不該尋求的交流。

不，所以對於珠洲林莉莉來說，這應該只是一個偶然，她活用這個偶然進行這個行動，不過實際上，來得不是時候。

唔哇，好麻煩……我覺得可以理解忽瀨亞美子被我纏住的為難心情。

我以垂死掙扎的調調，假裝忘記拿東西，作勢朝著校舍轉過身去，不過對方說「等等，轉學生」叫住我，我就逃不掉了。

「這麼晚回家啊。我有話跟妳說。」

我回答「我沒話跟妳說」要從旁邊走過去的時候，她的兩個學妹擋住路。默契美妙到我懷疑她們早就說好。

即使想強行突破，三對一也沒勝算。何況對方是穿運動服的運動社團成員。

我決定了。

接下來，只要我稍微吃到苦頭，我就要直接去直江津高中揍阿良良木。把脾氣發在那傢伙身上。

光是想像這幅光景，內心就稍微舒坦。甚至淺淺一笑。

這副模樣看起來似乎毛毛的（我想也是），我無懼一切的態度似乎令兩個學妹畏縮，但珠洲林莉莉只是皺起眉頭，身體動都不動，不愧是班上的領袖人物。

領袖啊……這麼說來，我也有過自認是領袖的時代……不過好像是很久以前的事情了。

大概是因為我必須站在這種位置和他人打交道才能放心吧。如果不是處於高人一等的地位，我就沒辦法和別人對等來往。明明打從一開始，我就知道自己不適合做這種事……

由此看來，珠洲林莉莉明顯具備領袖風範。

我不是因為現在這樣對峙才這麼想，從我在班上自我介紹的時候，我就感受到她有股獨特的氣息。不必接受忽瀨亞美子的指導，我也猜得到珠洲林莉莉在教室裡的地位應該不錯。

因此，我也認為應該很難和她交朋友……不過，既然會以這種形式打交道，早知道應該在教室裡主動接觸。我後悔不已。

算了。事情已經過去了。

反倒是對我說幾句難聽的話吧，讓我留下難受的回憶吧。因為這麼一來，我就可以去揍阿良良木了。好啦，給我藉口吧，儘管找我的碴吧。不然的話，由我給妳契機吧。

「珠洲林小妹，請問有何貴幹？」如此心想的我，以過度裝模作樣的態度對她這麼說。兩個學妹愉快地笑了，大概是外地人的口音很滑稽，或者是已經在社團活動閒聊的時候，聽過轉學生的出糗事蹟（「這次沒口誤？」這樣）。

只不過，珠洲林莉莉本人完全沒笑，看來非常不高興我使用「小妹」這個挑釁的稱呼。她這樣毫無反應，是想讓我剛才的挑釁冷場嗎？

如同和這樣的學姊同步，兩個學妹也連忙收起笑聲。尷尬的沉默統治現場。

總之，先不提是否已經告訴兩個學妹，珠洲林莉莉很清楚我這個轉學生的笨拙事蹟，所以事到如今我再怎麼裝模作樣或耍帥狠瞪，她也不痛不癢吧。

我在她心目中的評等，可說是已經結束。

不過既然這樣，我就無法理解她為什麼像這樣刻意找我的碴。想在學妹面前展現威風的一面嗎？

槓上我這種人渣，我覺得她的評價反而會下降吧……如果她想得到學妹的尊敬，反倒應該展現出溫柔對待我這個束手無策失敗轉學生的場面吧？

我照例思考著這種自我本位的事，不過，大概是不用我說也早就知道吧，珠洲林莉莉在這時候說出口的，是為我著想而提出的建議。

雖然混入方言所以我不確定，不過，她應該是這麼說的：「我知道妳還不適應，但我認為別放得太開比較好。因為我們班不是這種班級。」

放得太開？最近這兩年，老倉育從來沒有放開過……不過在旁人眼中是這種感覺嗎？

我內心的各種糾結，外人出乎意料看不太出來耶……我的失敗就班上同學看來，或許也只像是在耍寶……這就某方面來說也是一種屈辱。這邊明明很認真，簡直每一瞬間幾乎都在賭命，大家卻覺得我在搞笑，我深感遺憾。

不過，在這時候主張這種事，應該是最造成反效果的行為吧。如果珠洲林莉莉是要傳授我如何在班上規矩度日，我反而應該一臉煞有其事，或是一臉乖巧溫順地默默聆聽，這才是聰明的選擇。

只不過我別說聰明，甚至是糊塗到底，究竟能忍耐多久都是未知數……我希望這個話題趕快結束。

快放我回家。

只不過，和我這個心願相反，珠洲林莉莉得意洋洋說得滔滔不絕，像是希望我不要興風作浪，負面的引人注目沒有好處，班上氣氛原本就很好，只要正常表現肯定很快就能融入大家……以淺顯易懂的方式對我說明。

如果不是這個時候與這個場合，應該是只令我滿心感謝的忠告吧，但我現在只希望她趕快放我走。

該說我腦子終於亂到底了嗎……忽瀨亞美子與珠洲林莉莉，分別分享班上同學的個人資料與班上的相處之道給我，但我無法單純感到喜悅。

我不禁認為，自己實在無法有效活用這些情報。

不得不這麼認為。

大概因為我性格惡劣吧，有人對我親切，我就會猜測背後有鬼。即使是願意收養我的箱邊夫妻，我也放不下「他們或許有什麼企圖」的懷疑，如此不相信人類的女生，當然不可能輕易相信今天剛認識的忍瀨亞美子與珠洲林莉莉。

只不過，先不提忍瀨亞美子，說到珠洲林莉莉的企圖或是鬼胎，就某種程度來說很好猜。並非單純是在學妹面前對轉學生假親切真欺凌，讓自己愉快一下。

她內心不是滋味。

不是針對我本人或我的舉止。不，這部分當然也包括在內吧，不過她看不順眼的大概是忍瀨亞美子。

總歸來說，我看起來執著於和忍瀨亞美子打好關係，似乎令她不快。我從話語各處感覺到這種情感。

比起巴結那種人，跟隨我們的甜頭比較多。雖然沒有真的說出口，但她只是想這麼說。

那麼，這應該不是忠告，是警告。

看來忍瀨亞美子在班上的孤立程度，比我認知的還嚴重。還是說，就是這個珠洲林莉莉率先排擠她？

雖然剛才完全沒聽忍瀨亞美子提到這方面的事……不過，自己被全班隔離的現狀，她應該不想詳細告訴首次見面的轉學生吧。

無論如何，班上的派系鬥爭或是各勢力的鉤心鬥角，現在的我應付不來……即使忽瀨亞美子與珠洲林莉莉相互反目或敵對，這種地盤意識也不關我的事。

進一步來說，我不想淌混水。我想當個置身事外的旁觀者。

所以，這時候對於珠洲林莉莉的指導，像是由衷認同般點頭回應，是極為正確的做法。

我假裝完全沒有插入疑問的餘地，反省自己為何如此輕率。不過，這個反應堪稱和我先前對忽瀨亞美子的測試（進行之後失敗的測試）幾乎一模一樣。

回顧自己這一連串的行動，我強烈覺得自己是風向雞，是牆頭草，是舉棋不定的雜碎。

真的無藥可救。

這種無藥可救的傢伙轉學進來，我想對那間教室的眾人由衷表達哀悼之意。應該沒想過會獲得這種同情的珠洲林莉莉，在最後問我「沒問題嗎？」。不，我只是擅自高傲地翻譯方言的意思，實際上，珠洲林莉莉沒說「沒問題嗎？」這種話。

實際上是說：「可嗎？」

「可喔。」我回答。

雖然只是不小心被方言傳染，不過這真的像是被當成半打趣半胡鬧，珠洲林莉莉用力瞪了我一眼。

我這個人一旦被瞪，就會反射性地瞪回去。說來奇怪，我明明想和大家好好相處，為什麼變成這樣？大概因為我其實不想和大家好好相處吧。

不過，大概也因為在學妹面前吧，珠洲林莉莉熟知何時該收手，一副「對不起，讓妳們久等了，走吧」的態度，催促身後的兩人。甚至沒對我說再見。

這就是所謂的「不屑一顧」。

這個動作毫無意義地傷害了我。那麼不經意的舉動，居然能傷人這麼深……我希望將來有機會對阿良良木這麼做。

該說可以當作參考還是值得學習……至少比條列式的教戰守則更讓我受益。

那就是班上領導者應有的態度嗎……我實在學不來，而且像這樣看，我就搞不動自己昔日為什麼想成為這種人。

不過，解脫之後，就會發現只留下「我獲得她無私的建言」這個令人感謝的結果。總覺得我的計畫全都沒有意義，卻從忽瀨亞美子與珠洲林莉莉那裡，把能拿的好處都拿光了……若問是賺是賠，我當然是賺翻了，不過這和我自己的努力毫無關係就成立，這個事實在我內心成為揮不去的陰霾。

妳拚命的程度和妳的人生一點關係都沒有。感覺命運之神這樣溫柔告誡著我。別管這麼多，就露出愉快的表情，走在預先鋪設的軌道上吧。感覺我受到這樣的安撫。這麼做有什麼問題？如果有人這麼問，我無從回答。結果至上。

即使失敗，即使差點步入歧途，只要結果是好的就好。

不，姑且還有我必須要做的事。

看來忽瀨亞美子與珠洲林莉莉水火不容，我必須決定明天開始和哪一邊的勢力為伍。

你說答案只有一個？

公認是孤立少女的忽瀨亞美子，以及公認是領袖角色的珠洲林莉莉，兩者甚至稱不上對比。我當然應該加入後者的行列。

珠洲林莉莉在最後被我惹得不高興，即使除去這一點，應該也絕對不欣賞我吧，即使如此，為了維持敵人忽瀨亞美子的孤立狀態，對於要拉攏我加入陣營，她應該不會過於面有難色。既然是領袖，肯定能做出這種程度的政治判斷。

然而我這個人別說政治判斷，連對錯的判斷都令人質疑。即使正確的路顯而易見，卻也不知為何不選那條路；即使可以直覺這條路絕對錯誤，也不知為何只會選擇那條路。

只因為「不想照別人說的去做」這個理由就無意義抵抗，對於有益的事情，會以「因為有益」這個理由而抵抗。

不想被視為基於得失或利害而行動的單純傢伙。不想被鄙視為單純的傢伙。

大概也是古靈精怪的幼稚性質吧，不過這是至今人生一路坎坷的我僅有的自衛手段。因為行為被預先猜到，會成為致命傷。

不，就算這麼說，試著讓自己難以捉摸之後，單純只變成一個難以來往的女生，完全沒達到自保的目的。

何況，即使這時候出人意表，跑去站在忽瀨亞美子那邊，說不定當事人忽瀨亞美子自己會比珠洲林莉莉還要抗拒。

這麼一來，在班上孤立的終於就是我了。

這樣並不會變成三足鼎立。以最壞的狀況，原本反目的忽瀨亞美子與珠洲林莉莉，或許會基於「敵方的敵方是己方」這個理論，把我視為敵人而結盟。

這可不是開玩笑的。

我不知道那兩人為何反目，但我不應該成為她們和解的理由。那麼，我該做出的結論果然昭然若揭。

不過，將自己逼入絕境就像是我的嗜好，維持這種處世態度至今的我將會做出何種選擇，必須實際等到明天才知道。

啊啊，受不了，真的好討厭。

明天別來該有多好。

不過今天也很討厭，所以沒差。那就來吧，沒辦法招待什麼就是了。

011

轉學第二天。

我昨晚一直發出苦惱的聲音思考，最後把自己逼到打算裝病請假，不過面對善良的箱邊夫妻，我不可能做得了這種奸詐的事情。

感覺是一間很快樂的學校，我在那所學校應該可以順利求學……只有「向那對夫妻說謊」這個任務不知為何順利成功，所以我無路可退。

追根究柢，或許只是善良的箱邊夫妻假裝被孩子破綻百出的謊言欺騙，即使如此，要是轉學第二天就裝病窩在家裡，這樣的我比起就讀直江津高中那時候，根本一點長進都沒有。

事到如今別人怎麼看我都無所謂，但我唯一不能忍受的，就是被我所想像的阿良良木認為「這傢伙一點都沒變」。

所以我幾乎是賭氣換上制服，前往宍倉崎高中。沒什麼，說不定等我抵達教室，會發現昨天的事情都是一場夢，這種可能性是存在的（真的嗎？）。

走一步算一步，聽天由命。

不是我所想像，真正的阿良良木就可能這麼做。說真的，如果能像那傢伙一樣毫無想法就採取行動，不知道該有多好。

而且，如果擁有自己的想法並且採取行動，這個人又不是阿良良木曆的話，這種人生態度就值得效法了。

至少在今天早上，我就成為這樣的人吧。

不過，不知道是否該說幸運，還是該說不幸中的大幸，抵達教室的我，沒有夾在忽瀨亞美子與珠洲林莉莉之間。

我免於落得被兩人逼問「要選哪一邊！」這種左擁右抱……更正，左右為難的狀況。要是這麼說，感覺像是憑我這種角色居然也能搶手，這我就不敢當了，不過我這個討人厭的傢伙免於被迫做出嚴苛的選擇，並不是因為我在千鈞一髮之際想到什麼妙計。我想做什麼或是失敗了什麼，都和我的人生無關。我像是置身事外般看待我的人生。

換句話說，環境改變了。

我沒有改變，但是環境改變了。

環境。進一步來說，是條件。即使如此，我還是沒有死心，假裝在校內各處參觀，直到預備鈴聲響起才進入教室一看，珠洲林莉莉果然已經在教室，卻沒看到忽瀨亞美子。

她缺席。

……缺席？

慢著慢著慢著，請不要開玩笑。

她昨天不是那麼活蹦亂跳，充滿活力地主動找我嗎？

是裝病？我沒採用的那個計畫？

可是，慢著為什麼裝病？

轉學第一天就被兩個同班同學纏上，強迫必須二選一的我請假就算了，忽瀨亞美子有什麼理由請假？為了逃離我的死纏爛打？

如果是這樣，那我受到的打擊還滿大的，不過關於這件事，經過昨天放學後在樓頂的對談，即使稱不上做個了結，肯定也暫時算是告一段落。

而且雖然這麼說不太對，但我不認為自己對忽瀨亞美子來說是多大的威脅。與其自己不來教室，她應該會選擇把我趕出教室。不過，我之所以這樣假設，或許只是因為我過於胡亂想像她的為人吧。

無論如何，擺在我面前的其中一個選項，在這個時機來臨之前自行收回了。即使我是連自己在做什麼都不知道的創作型女孩，也不會選擇不存在的選項。無法選擇。

我常常被別人拆梯子，有時候還會自己踹掉梯子，但若梯子打從一開始就倒在地上，我終究不會去爬。到了這個地步，我只能加入珠洲林莉莉派吧。不過嚴格來說，或許應該說是忍瀨亞美子以外派。

即使對於出乎意料的進展感到困惑，總之我還是先坐在自己座位，隨即傳來「早安，轉學生，今天很安分耶」的聲音。有點挖苦卻稱不上敵意的這句問候，正如預料來自珠洲林莉莉。

我不知道該說什麼，所以情急之下裝出一個不適合自己的親切笑容回應。嶄新的我的第二天，以這種形式開始了。

012

在這之後，第二天相較於第一天，在各方面都呈現完全不一樣的進展。若要說最好懂的部分，就是我這個轉學生被全班同學「溺愛」。

這種進展令人難以置信，所以我不得不加上引號，不過大家對我的照顧，真的只能以「溺愛」來形容。

大家接連來到我的座位，想聽我聊上一所學校的事。我死也不想聊上一所學校的事，所以用盡我的想像力扯了一堆謊（邏輯狗屁不通），總之，每個人都對我深感興趣。

所有人都想摸清老倉育的底細。

被別人知道自己的事，會令我產生生理上的抗拒，所以我感到坐立不安，好不容易才克制想逃走的心情，不過一般來看，對於轉學生來說，這是想像得到最棒的進展吧。

無論男生還是女生，都吵著要和我一起吃午餐。我可以說自己目睹了即使是幻覺也不可能發生的超常光景。

這種體驗，即使向阿良良木報告，他也絕對不會相信，搞不好還會帶我去醫院。為什麼我像是有義務向那個男的報告自己的新生活？我也不曉得。總之，要是就這樣接受眾人的對待，我會有點火燒心的感覺。

這是怎樣？我昨天出的糗，該不會真的是夢吧？不，珠洲林莉莉早上向我打招呼時的挖苦語氣，宣告昨天的經歷是毋庸置疑的現實。

只不過，珠洲林莉莉後來的應對也非常親切。不只是告知班導與各科目老師的特徵，到最後，我今天午餐是和她的小團體一起吃。

感覺這個小團體真的是班上階級金字塔的頂端，不自在的程度非比尋常，即使如此，若要說這段時間不快樂，將是今天最大的謊言。

我是個一不小心就容易孤立，無法進行團體生活的家裡蹲女生，卻絕對不是喜歡獨處的女生。

只是因為獨處很輕鬆，並不是喜歡獨處。

明明想和他人，而且是和大家交朋友，卻交不到朋友。我就是這樣的傢伙。所以我不太清楚什麼樣的行為舉止才正確，像是包圍採訪的這個狀況，我很難阻止臉上露出笑容。

明明不擅長裝出親切的笑容，怎麼這時候笑嘻嘻的？我很想從後面賞自己一腳。如果直江津高中時代的我看到未來這樣的我，真的會嫉妒到發狂吧，現在的老倉育就是如此煥然一新。

當然，即使身處於無法想像的進展之中，我的猜忌也嚴重到超乎想像，無法完全抹除疑惑。這該不會是對新人過度「溺愛」的遊戲吧？是讓我困惑，背地裡欣賞我為難的模樣當笑柄的儀式吧？我不可能不像這樣抱持疑惑。

不過，這種具備真實感的疑惑，到了放學後就變得相當稀薄。這也是我不得不承認的事。

以惡意來說有點過分的這種想法，如果是一兩個小團體這樣的人數就算了，認定全班都抱持這種想法終究有點難。我原本以為珠洲林莉莉如此款待我，是要趁著忽瀨亞美子缺席的時候完全將我拉攏到「這一邊」，但是如果她擁有像這樣動員全班同學的領導力（或許應該說是煽動力），我這種程度的票投向哪一邊，對她來說應該都不是太大的問題。不必做得這麼拐彎抹角，也能立刻攻陷我這種程度的傢伙——只要她是此等的「特別人種」。

包括珠洲林莉莉在內，位於這裡的所有人，都是我所嚮往的「普通人」。沒有隱藏那種程度的瘋狂。

不到那種程度。

那麼，身處於這種突如其來的狀況，我究竟要怎麼理解才妥當？像是迷途闖進平行世界的這種演變，我應該如何進行符合邏輯的解釋？

與其思考這種事，不如別在意細節好好享受吧。雖然我腦袋明白這一點，但我做得到這種事就不會那麼辛苦了。

總歸來說，應該是善良的大家把我昨天出的糗當作沒發生過吧。即使不到沒發生過的程度，也是輕描淡寫地帶過。或許我今天早上假裝參觀校內的時候，大家已經開班會討論過「如何對待老倉育」這個議題。

那個傢伙看起來有點可憐，所以大家客氣一點，和她好好相處吧。是不是有人這麼提議？

……這是我當成荒誕無稽的例子而提出的假設，我卻莫名覺得有可能。「那個傢伙看起來有點可憐」這句話，我總覺得挺真實的。

嗯，沒錯。我的人生與想法都很可憐。集班上的同情於一身也不奇怪。

我藏不住這種羞愧的想法，不過，我在最後得以獲得美好的回憶，否定這一點也沒用。這是一種真理。

細節事後再花時間整理，這部分暫且接受，我也應該將昨天出的糗當作沒發生過，從今天起重新展開新生活吧。

轉學生的，轉學生應有的新生活。

我不可能總是獲得「溺愛」，所以我得切換思考方式，將這段加分時間有效活用到極限。

不該奢求的重設機會。

要是沒活用這個機會，我將會可憐度過這輩子。我現在該做的事，就是順勢努力融入這一班。

再怎麼犯錯，這時候也不該謝絕同學的來訪。而且沒有餘力思考缺席的忍瀨亞美子。

另一個缺席者更不用說。

今天也請假沒上學的旗本肖，我無暇理會。

013

原本以為神給的機會只限一天，但是到了隔天，到了隔天的隔天，人家依然這樣對待我。要是內心沒有好好把持住，我將會誤以為自己是可愛、性格好，博得眾人好感的女生，所以獲得這樣的款待。

不准誤會。我只是可愛而已。個性很差，好感度也是零。是否真的可愛，老實說我沒自信。我自認眼神很凶。

要是沒像這樣持續貶低自己，我可能會得意忘形，再度失敗。不斷反覆至今的失敗，可能會在這裡再度上演。

說真的，要是這種生活再持續一天，我可能會陷入這種泡在溫水裡的生活，不過隔天的隔天的隔天是星期六。

換句話說，學校放假。

直江津高中是升學壓力大的私立高中，所以星期六也要上半天課，不過公立的宍倉崎高中是正常的週休二日制。

繭居族當了這麼久，週休兩天會讓人覺得我是不是休太多，不過我這種不穩定的女生，要拂去輕飄飄的心情並且冷靜下來清醒，應該需要這麼長的時間吧。

說不定即使是週末，班上同學也會上演搶人戲碼？抱持這種淡淡的期待，卻沒有人特別前來邀約，我或許有點「哎呀？」的心情。

我回歸自我。回歸不成材的我。

不提這個，即使心情再怎麼輕飄飄，包括週四與週五，也就是忽瀨亞美子連續三天請假的這件事，我也很難一直不去注意。

再怎麼以重設的心態讓內心煥然一新，要將一個人的存在本身重設，當作至今沒有交集，簡直只有魔法才做得到。

班上沒人拿忽瀨亞美子的事情當話題，也令我在意。雖說孤立，這終究也太過分了吧？

若是在她在的時候把她當空氣，我還能理解。畢竟我也遭受過這樣的對待，也不能說自己沒做過這種事。

不過，連她不在的時候都把她當空氣，總覺得……並不是單純的不和、反目或厭惡，和這種狀況差很多。

的……簡直像是一種禁忌。

是不能碰觸的東西。

被當成瘟神，也是我經歷過的待遇，這應該是最接近的形容方式。不過還很難說是正確的形容方式。

如果是這樣，我並非沒感覺到班上對這種行為感到愧疚。雖然不是所有人，不過我從班上大部分的同學感受到這一點。

我已經完全養成觀察他人臉色的習慣，不過基於這層意義，即使全班的行動統一，意志也不太一致。感覺其中有各種想法，只是從結果來看，所有人選擇好好款待我。

我想像的班會應該沒開過吧。我在星期日白天做出這個結論（真慢）。在任何人眼中，我的事情都不重要。一如往常。並不是因為我可憐才對我體貼。大概只是拿我當藉口。

雖然應該有各種意圖，不過大家對我好的最大要素，就是當成補償行為。也不是拿我代替忽瀨亞美子對我好。不是這樣。是為了消除無視於忽瀨亞美子的罪惡感才對我好。

嗯，就是這種感覺。很貼切。

明顯和忽瀨亞美子對立的珠洲林莉莉，狀況似乎又不太一樣，但我認為大部分的同學內心肯定有這種想法。他們是否意識到這一點就是另一回事了。

這不是我自己的卑劣猜測，即使多少有點誤差，依然正中紅心。如同在數學寫出正確的證明，我抱持堅定的確信。

……不過，既然這樣又如何？

無論他們與她們內心抱持何種想法，只要不是針對我的殘酷惡意，我就不應該過問。

既然不希望自己的內心被干涉，那我也不應該介入別人的內心。何況我和那間教室的同學們來往的時間，只有短短的一個多月。

並不是非得從那群人之中，選出一輩子的朋友或是推心置腹的死黨。我沒有這種需求。只要風平浪靜度過剩下的日子，我就很滿足了。要形容為「青春」實在是有待商榷，不過以我的狀況就是這麼回事吧。

所以，我沒有繼續思考什麼扭曲的事情，沒採取任何行動，迎接週末過後的星期一——哈哈，怎麼可能。

我是老倉育。見人就咬的女生。

是不得不採取行動的可憐孩子。

自己行動的結果，不只是毫無收穫，甚至連幸福都拒於門外。現在「溺愛」我的班上同學之中，明明也可能存在著一點點純粹的善意、體貼或溫柔之類的情感，但我絲毫不在意這種事。

我要挑戰。要顛覆。即使確信可以撒嬌，可以獲得疼愛，依然背叛、違抗這份確信。

忤逆命運。

因為，這份幸福，和我想要的東西不同。

014

重新設定目標。

要從誰開始打聽？

這應該是需要慎重行事的重大工程，但同時也易如反掌。因為我擁有忽瀨亞美子提供的個人情報。

這份資料居然以這種形式利用，忽瀨亞美子應該完全沒料想到，也應該不希望這樣吧，不過，擴散的個人情報以出乎意料的形式被濫用，這是世間常情。

候補有兩人。

評定是好人的女生——客藤乃理香，以及打包票保證很可靠的男生——端村勇兵。

除此之外，據說很容易走漏口風的桐木襟足，以及據說很不合群的踊間帽人也通過初選，不過對我這種奸詐的人來說，評價好的學生比評價差的學生更適合當成目標。

我也覺得自己爛透了，不過接下來不允許任何失誤。這麼一來，我的切入點只能鎖定人性本善的一面。

即使是愛講藉口的我，在這方面也沒有辯解的餘地。我一直以為內心的骯髒面已經展露無遺，卻依然是無限下沉的無底沼澤。

搞不懂個性惡劣到何種程度，但我敢說我在打這種想必不會順利成功的鬼主意時，是我活力最好的時候，所以我這個人真的有病。

如果活著的感覺是這種感覺，那我還是死了比較好。只不過，現在與其選擇「好」，我還是選擇「不好」吧。

所以，客藤乃理香與端村勇兵，我應該鎖定誰？感覺兩人差不多，而且既然不知道會是什麼結果，那麼總歸來說，就等於在問我要鎖定女生還是男生。

單純來想，我應該選擇同為女生的客藤乃理香，不過包括忽瀨亞美子、珠洲林莉莉與旗本肖，我認為的關鍵人物都是女生，想到這裡就覺得為了維持平衡，應該將這樣的偏差分散開來。

同為女生就比較可以長話短說，或是比較好說話……我想這種事不會發生在我身上。基本上，我是會被女生討厭的類型。

我有這份自覺。

即使如此，就算這麼說，若問我是不是受男生喜歡的類型，也完全不是那麼回事，不過，如果現在充斥於那間教室的奇妙氣氛，是偏向於女生那邊的某種東西，那麼老實說，這時候我想聽聽男生的意見。

當然，即使是男生也並非毫無關係，所以不該期望能得到客觀意見，但我就是這種視野狹隘的傢伙，所以至少希望有人能從遠離問題中心的位置提供見解。

我也想過乾脆向客藤乃理香與端村勇兵兩人打聽，但我立刻駁回這個理想的提案。

再怎麼美好的提案，只要無法實行就只能作廢。以我的精神力，光是應付一個人就達到極限。

從各方相關人士收集所有情報，湊足大量證據進行綜合判斷……要是我做得到這種超脫老倉的俐落行徑，我就不會被趕出直江津高中了，請各位切勿忘記這一點。

獨自一人，以最底限的動作祕密進行，還要迅速（可以的話在一天之內）解決，否則我會失去幹勁。

所以，目標只鎖定一人。

犧牲者只要一人就好。

甚至不招募幫手。在這種時候，找人幫忙當然比較好，但是和幫手打好關係要花費的心力多到令我發毛。

感覺選擇哪一邊都會後悔，與其一直糾結煩惱，直接扔硬幣決定也行，不過我也不願意在這時候聽天由命（看吧，我這個人真麻煩）。

所以，我始終自己思考，始終自己得出答案。猶豫到最後，我選定的目標對象是客藤乃理香。

與其選男生，我選擇了女生。

我知道，照道理這時候應該選男生。畢竟選男生的話，之後受益的事情比較多，而且我也知道，這時候接近客藤乃理香，以最壞的狀況可能會和所有女生為敵。連這種不起眼又瑣碎，像是事前準備的部分，我為什麼也沒辦法做得對？我對自己非常絕望，不過如此決定之後就變得舒坦許多，這也是現實。

因為和男生講話會不好意思啊～～我不想說這種做作的話語。曾經連男生都毫不猶豫見到就咬的歷史，我一直累積至今。雖然不是我願意的，不過我也曾經裝可愛到極限，展現自己的女孩感。

不過，我本質上果然害怕男生。雖然不太想詳細說明，不過那些傢伙在「體格很大」、「臂力很強」這方面很恐怖。

總歸來說，和我害怕集團的原因相同。

我害怕被施暴。

總之，從嚴肅的角度分析，這並不是和我的身世無關，不過大部分的女生對男生的意見應該和我一樣吧。

說到底，進行交涉的時候，如果對方能以暴力毀掉這邊的意見或立場，那麼這邊的態度果然免不了變得軟弱，或者是變得過度強硬。

所以，可以的話，我不想單獨面對男生。

如果是逼不得已的狀況，我就會鼓起勇氣，但如果有別的選項，請務必讓我選擇那個選項。

我討厭被打。愈被打愈討厭被打。

反過來說，我正要向班上同學打聽一件我可能會被打的事。

我只是不使用暴力，但我才是野蠻至極的生物。即使稱不上和平卻頗為均衡的這個共同體，我接下來將要擾亂。就像是要打蛋白霜一樣，利用客藤乃理香溫柔的一面。

知道我這種爛透人種的骯髒之後，肯定會搞砸她善良的未來。她在將來的人生，只要發生討厭的事情，就會想到我。

我僅存的良心，好歹也會對此覺得過意不去，但我已經無法阻止我的行動。

星期一早晨，我埋伏在校舍入口附近等待客藤乃理香，拉她前往樓頂。使用「拉」這個字好像挺強硬的，總之，實際上我使用了幾乎是流氓的手法，如果不用「拉」這個字，就只能以「綁架」或「誘拐」這種形容詞。

真是的，我無法成為正義的使者。在這種時候，正確的人會怎麼做？不過，正因為使用這種強硬又錯誤的做法，我才得以和客藤乃理香一對一，這是難以否定的事實。

就她看來，我做出這種粗暴舉動，應該完全超乎她的預料吧。這是當然的。

說到自我評價，我在各方面搞砸，轉學生活一點都不順遂，但我沒有歇斯底里，也沒有實際傷害過任何人。即使展露自己做人的程度多低，也堪稱勉強隱瞞自己是危險人種的另一面。

即使因為自我介紹的時候口誤，被認為是遲鈍的女生，肯定也沒料想到我會做出強行找班上同學過來的粗暴舉動。

這麼一來，包括忽瀨亞美子告知校舍樓頂是圍欄環繞的無人場所，我甚至誤以為自己是為了今天這一天，才以最有效率的做法度過上週。但是無論如何，站在客藤乃理香的角度，這應該只算是一場災難吧。

總之，她因為溫柔、親切、善良、個性好，加上長得有點可愛，就引來像我這樣的禍害。希望她務必從這個事實學到教訓，活用在今後的人生。即使我對妳的態度粗暴，我也不會向妳施暴。我發誓。

我向阿良良木發誓。

我發誓，假設沒能獲得想要的結果，我依然不會碰客藤乃理香一根寒毛，否則我就親吻阿良良木的臉頰。對我來說，這個毒誓比起親吻地面還要屈辱，我光是發誓就作嘔。不過，站在客藤乃理香的角度，她應該不知道我在說誰吧。

總之，在趁她「一頭霧水」而困惑的時候打聽事情是最好的。

幸好，對於我像是豹子突然露出獠牙的驟變（與其說是豹，或許應該是馬，露出馬腳），客藤乃理香只像是小動物般頻頻發抖，似乎沒察覺我在虛張聲勢。

不過，對於她戰戰兢兢的樣子，我沒有同情，也沒有反過來被激發嗜虐心而失去自我。就只是好不容易壓抑著湧上心頭，無從處理的煩躁感。

啊啊，是的。就是這樣。

出生在好家庭，吃好東西長大，就會變成這個樣子。我靜靜心想。受到家人與朋友的溫柔對待，就會變成這個樣子。

啊啊，真是不愉快。

這女生今後大概也一輩子不會皺眉頭吧。應該不會大呼小叫，一時氣憤就踹牆壁吧。

真好。

一個就好，可以分給我嗎？既然擁有這麼多，分一個也無妨吧？

沒那種事，每個人都是各有辛勞之處，頗為忍氣吞聲地活在世間。

是嗎？

如果我不是最悲慘的人，那麼這個世界，不就變成比地獄還煎熬的場所了？

還是說，真的存在過？和這種看似和平的孩子和睦相處，直接以名字互稱，一起出遊或是教功課的未來藍圖，真的存在過嗎？

我正要親手塗黑、摧毀這張藍圖？

那麼，就這樣吧。反正我是這種人。

客藤乃理香依然一副不知道自己為何遭遇這種事的模樣，我朝她接近。剛好像是上週轉學第一天，忽瀨亞美子對我做的那樣。

自己這麼說不太對，不過我想我的魄力比忽瀨亞美子強好幾倍。我的眼神非常凶惡，有時候自己照鏡子都會嚇出聲。

老實說，我並不是沒擔心她要是哭出來怎麼辦（她在這裡哭出來，我可能會氣到無法控制自己），不過大概是在這個狀況，即使哭泣也不會有人前來搭救，所以客藤乃理香沒繼續為難我。

該怎麼說，她在這方面也是和平的女生。

我確實對此鬆一口氣，直江津高中的那些人不一樣。

和那些「特別人種」不一樣。

與其說是不為難，不如說沒有手感。就像是掀開暖簾的感覺。

我不打算主動出手，然而不只是哭泣，客藤乃理香也很可能會強烈抗拒。不過，雖然斷斷續續，始終是難以啟齒的樣子，但她比我預料的還要乾脆地開始說明。

即使始終不改「我是受到高壓逼迫，不得已才說出來」的立場，然而客藤乃理香說著，語氣還是開始帶著熱度，甚至逐漸流暢。我在異鄉教室的生活，總計也已經是第五天，所以要聽懂獨特的方言也不是很辛苦的事。

就算這麼說，我叫她過來又以強硬手段詢問的罪狀也沒有因而減輕，不過客藤乃理香是極度和平的女生，就她來看，我猜教室的現狀肯定造成她不少壓力，因此基於這份罪惡感，她將會對轉學生親切過度，而且我果然猜對了。

怎麼樣，看見了吧！正如我的預測，不會有人真心善待我這種女生！

慢著，現在不是這樣得意洋洋的時候。

我並不是想讓客藤乃理香擺脫罪惡感而催促她坦白。她述說的內容有正如預料的部分，也有超乎預料的部分。

我打聽到的內容，也有一些可以的話不想知道的細節，所以我早早就後悔自己做出這種像是外行偵探的舉動，我這心態真像是我會有的心態。

啊啊，受不了，真的。

我為什麼在做這種事？

客藤乃理香大概不知道自己為什麼遭遇這種事，但我的心情也一樣。我為什麼遭遇這種事？

015

放學後，我去見忍瀨亞美子。

老實說，我以為這是最大的難關。忍瀨亞美子一直請假沒上學，這週一也正如預料沒出現在教室，我要怎麼和她會面？

我完全想不到方法。

剛轉學過來的我人生地不熟，不可能知道忍瀨亞美子住哪裡。

在以前的年代，只要參照班級名冊或是通訊錄，應該可以立刻查出來，但現在對於組織來說，個人情報的管理是最重要的保全對象，孩童的情報就更不用說了。

忍瀨亞美子洩漏給我的班上同學個人情報，除了沒包括旗本肖的情報，當然也沒包括她自己的情報。不只如此，這麼說來，她雖然詳細告知同學的情報，關於誰住哪裡的位置情報卻完全沒提及。

這恐怕不是有所顧慮而隱瞞（連男女關係都詳細說明了，只隱瞞住址也沒意義吧），我想應該是意味著忍瀨亞美子也不知道班上同學住哪裡。

在這個時代，學生之間只要靠手機就能相互聯絡，或許他們認為別知道正確的住址比較時尚。現在說到地址，大家第一個想到的不是住處地址，而是電子郵件網址。

換句話說，沒有手機的我，在這種狀況無計可施。早知如此，我應該接受箱邊夫妻的好意，讓他們為我辦手機。

不過，就算我擁有手機，別說忽瀨亞美子，即使是其他同學的聯絡方式，我也不認為自己能夠取得就是了……

順帶一提，在這個資訊化的社會，我將客藤乃理香叫到樓頂的事實，轉眼間就在班上傳開，我的當紅時代稍縱即逝。不是客藤乃理香打小報告（她反倒一副努力袒護我的樣子。或許是害怕我報復，但是她這份善良，差點讓我這種邪惡分子融化。要是喜歡上她怎麼辦？），似乎是有人目擊我強行帶她走的一幕。我明明自認有提防他人的耳目……

獨自一人的孤立狀態。

我不會逞強說這樣不寂寞或是不悲傷，但是不提這個，獨處比較安心也是我的真心話。

一個人孤立，被人在暗地裡說壞話，我覺得這樣才是真正的我。嗯，感覺進入狀況了。

所以，這件事就無妨了。

從大紅人寶座被拖下來，今後要怎麼在班上撐下去？比起這個實際的問題，如何和忽瀨亞美子有所交集比較重要，也比較困難——本來是如此。

不過，勉強趕上了。

我的惡行傳遍全班之前，也就是客藤乃理香由強悍的朋友們牢固保護之前，我成功從她那裡獲得出乎意料的情報。

在樓頂的詢問終於進入最終階段的時候，她一副不甚在意的樣子告訴我，忽瀨亞美子雖然沒來學校，卻會去補習班。

看來客藤乃理香似乎和忽瀨亞美子上同一間補習班，所以上週看過在自習室坐在書桌前面的她。

該怎麼說，明明蹺課不上學卻去補習，行動邏輯簡直是支離破碎……我之所以這麼想，應該是我不知道補習班是怎樣的場所，才培養出這種價值觀吧。

與其在學校用功，在補習班用功的效率比較好，這種想法在現今的高中或許是理所當然。請假不去學校沒關係，卻不能請假不去補習班，這樣的考生或許不在少數。三年級的這個時期，大概也抓得到自己的出席日數是否足夠……忽瀨亞美子不像我這樣缺乏想法，而是這部分也精密計算過才會一直缺席，這個推測比較具備說服力。

不過，補習班啊……

我沒必要上補習班，也沒有這種錢……不過回想起來，只要唸書就好，不必和周圍同世代的孩子打好關係的場所，感覺是相當理想又舒適的空間。

簡直棒透了吧？

以客藤乃理香的角度，大概從來沒想過我會為了這件事而不惜在校外採取行動，才不小心洩漏這個情報，不過就我看來，這是價值千金的寶貴情報。

這間補習班的地點與名稱，我當然得費不少工夫調查吧，不過比起調查個人住處的地址輕鬆多了。因為基於業務需求，補習班的所在位置都是公開的。如果鎖定宍倉崎高中學生會上的補習班，肯定能將範圍縮到很小。

這麼一來，我在班上的「溺愛期」落幕，也可以樂觀解釋成調查補習般的自由時間得以增加。

畢竟即使再也無法從班上同學那裡收集情報，我還是可以向老師打聽在地補習班的事情。即將放學的時候，我已經大致查出忽瀨亞美子每個月繳費就讀的補習班。

我真喜歡這種細膩，可以熱中投入，又有點沒意義的工作。將來我想從事挖洞或填洞之類的工作。

只不過，不知道該說空言無補還是紙上談兵，放學後，我實際前往目的地，被這間補習班的規模嚇了一跳。

不由得發出聲音大喊「好大！」。

這……不是學校？

難以置信。該不會是為了嘲笑我這個偏鄉出身的土包子，基於惡意打造出這樣的布景吧？雖然我如此懷疑，然而住址是對的，建築物也掛著招牌。

我實在無法接受，在周邊晃了幾圈，最後發現這裡似乎兼用為補習班母公司的總部大樓才會這麼大，即使如此，也肯定是大規模的補習班。

傷腦筋。這有點……應該說相當失算。

我原本以為只要造訪補習班，很快就可以見到忽瀨亞美子，卻沒想到補習班這麼大。建築物這麼大，按照比例，補習班學生當然也多，我得在其中找出一個女生，而且是只講過一次話，老實說我不確定是否好好記住長相的女生，這應該很難吧？

畢竟應該是穿便服，要是綁的髮型也不同，那就完蛋了。到頭來，忽瀨亞美子就讀的是否是這間補習班，我沒有百分百的確信。即使我查出的情報正確，也不保證她今天有來這裡。

想到這裡，我光想就強烈感覺徒勞無功，開始覺得乾脆回家算了，但我在最後關頭振作起來。

換個角度來想，既然人數多，就代表容易混進去。如果是規模小的補習班，沒見過的高中女生肯定顯眼得不得了吧。想到這裡，我就動身準備進入建築物，然而一開始就出師不利。

有種腳被絆到的感覺。

補習班入口，居然會進行隨身物品的檢查。門口設置金屬探測門，入內的補習班學生得讓警衛檢查包包，出示補習證。

不只如此，手機與隨身聽、從漫畫到小說，都必須裝進透明塑膠袋交出去。看來和唸書無關的物品，依照規定都要放進置物櫃。允許帶進去的只有課本、參考書、筆記本、文具，此外就是字典與傳統手錶。數位手錶可能是智慧型手錶，所以禁止攜入。

太嚴格了吧？我基於偏鄉土包子的感性倒抽一口氣。

這種檢查幾乎是機場了吧？只差沒有X光檢查而已。

裡面該不會有海關吧？我不禁伸直背脊。不過，要是做出這種可疑的動作，可能得和警衛喝咖啡交流，所以我立刻端正姿勢。

但我感嘆的心情沒這麼輕易平息。我強烈感覺自己正在接觸不同的文化。這棟建築物珍藏了什麼東西，非得用這麼齊全的保全系統保護嗎？我只覺得亞森．羅蘋已經對這裡發了犯罪預告。

不過，真要說的話，這或許是應該採取的措施……即使沒有亞森．羅蘋會覬覦的高價財寶，家長也將孩子們託付在這裡辛苦求學，所以將我這種可疑人物擋在門外，應該是經營補習班最重要的事項吧。由於不是學校機構，才能像是無視於學生人權問題一樣設置這種閘門。

嘖。真是正確。

既然正確，那麼你們就是我的敵人耶？

我一邊感受著自己想法的天真，一邊對於受到世間呵護的考生感到劇烈的憤怒，同時希望有後門可鑽，試著尋找其他的出入口。明明剛剛被建築物的規模感到厭惡想回家，不過遭到這麼明確的妨礙，我就想要跨越這道障礙。

這種挑戰精神，如果能以別種形式活用在人生該有多好。好想對這個世界有所貢獻……如此心想的我，再度在建築物周圍閒晃，想要尋找員工或貨物的出入口，不過從結論來說，我可以說不需要這樣徘徊。

雖然不是沒有別的出入口，不過這些出入口反倒是鎖得固若金湯無從開啟，我束手無策回到正面大門的時候，發出「咦？」的聲音察覺了。

與其說是「咦」，不如說「喂？」比較正確。

我發現，像是機場的隨身物品檢查，該說相當隨便還是放水，無論是檢查的一方或是被檢查的一方都相當敷衍。

警衛對於書包內容物以及補習證，幾乎都只看一眼就讓學生入內。禁止攜入私人物品的規定，看來也完全是自主申告。

因為有金屬探測器，所以手機或遊樂器之類的電子機器只能交付保管，不過看那個樣子，漫畫之類的東西想怎麼帶就怎麼帶。

管理制度腐敗了。

徹底爛透。

不，總不可能是警衛收了學生們的賄賂。真相是警衛們每天反覆進行相同的檢查，逐漸認為「反正沒有可疑人物會來，而且不用功的傢伙再怎麼講也不會用功」而看開。到頭來，這麼誇張的保全措施，是做給學生的監護人看的，實際上應該沒有規定要嚴謹使用吧。

總覺得……嗯，好失望。

制度設計得再好，設置得再好，終究也是人類在進行的，無法避免人為的錯誤，也更無法避免人類的怠惰。

偷懶與怠惰。

不只是「正確」，這種東西才是壓垮我至今人生的要素，所以我難免失望。不過說來遺憾，這對我來說正合我意。

這是良性的腐敗。是發酵。

有名無實的檢查機制，就像是拜託補習班學生以外的人，甚至是拜託我這種想對補習班學生忽瀨亞美子圖謀不軌的可疑壞蛋通過。既然這樣，對於至今鑽過各種安全網的我來說，那種金屬探測門就像是迎賓拱門。

咯咯咯。

我露出適合人渣的淺淺笑容，踏出腳步。好啦，各位警衛，就像是瞎掉的狗眼只在我來的這時候突然變得靈光，張開雙手阻擋我吧！

我以這種像是自暴自棄的亢奮心情通過閘門，不過負責檢查，合計三人的強壯男警衛，職業意識並沒有突然覺醒，就這麼像是瞎了狗眼，甚至幾乎看都不看我一眼。我想，即使我書包藏了棍棒，他們也會當成沒看見吧。

我不可能擁有補習證，所以改為出示學生證入內（我覺得拿宍倉崎高中的學生證終究太顯眼，所以使用湊巧帶在身上的直江津高中學生證），不知道是剛好和補習證很像，還是檢查機制果然停擺，警衛們回應「好，請進，努力用功喔」愉快地放我入內。

我知道不應該對年長者講這種話，不過讓可疑人物直接入內，我不得不說一句「你們加油好嗎」。總之，我不免認為罪犯或許意外都是以這種形式誕生的。

雖然是做賊喊捉賊的想法，不過如果有人能在更早的階段確實阻止我，我就不必像這樣非法入侵了。以相同手法潛入補習班的歹徒有多少呢？我一邊心想，一邊快步走進補習班。

不提檢查多麼鬆散，到頭來，我隨身物品很少，沒什麼東西需要寄放，所以不必前往置物櫃。雖然像這樣順利潛入，但是這裡學生很多，不知道忽瀨亞美子在哪裡，這個問題我連解決的頭緒都沒有。

在令人誤認是學校的這個寬敞設施，大概只能全力找遍每個角落吧……一個人的地毯式搜索是最令人氣餒的作戰，但我不敢說自己還有其他適當的點子，只能繼續實行不適當的點子。

在這種時候，羽川翼或戰場原黑儀這種「特別人種」，當然能以一己之力突破僵局吧，即使做不到，在迷失道路的時候，也會有突然路過的人帶領他們前往目的地吧……我思考著這種毫無意義的事。

他們與她們擁有像是緣分、邂逅、物以類聚這種處世之術。平凡而且個性惡劣的我，沒有這種東西。

比方說，疑似就讀這間補習班的忍瀨亞美子，不會在這時候登場，喊著「往這裡！快點」拉著我跑。沒有這種戲劇化的演變。人脈、交友圈、人際關係——即使依賴這種東西也不會得救。

在家裡、在學校，或是在陌生的補習班裡，我都是獨自一人。

好吧，讓你們見識獨自一人的力量。

我重新下定決心。

而且，我因為在妄想的時候想到客藤乃理香，連帶想起一個有用的情報。是的，記得她說她是在自習室看見忍瀨亞美子。

這不是刻舟求劍，即使忍瀨亞美子當時在自習室，也不代表今天的這個時間也在自習室，不過，這可以當成一個基準。

一般來想，應該推測她正在某間教室上補習班老師的課，但我終究不能維持平常心闖入課堂……暫時在自習室一邊假裝用功一邊等待，即使不是最佳做法，對我來說也不是太差的作戰。

單純想知道在補習班用功的感覺，體驗這種氣氛……我也不是沒有這種好奇心。我參照階梯旁邊的導覽圖，確認自習室的位置之後開始移動。

像這樣走在建築物裡，就覺得這裡的格局與其說是升學補習班，更像是證照補習班。離開直江津高中的時候，我也曾考慮走這條路，所以抱持這種感想。

即使入口的檢查功能形同虛設，內部該不會有另一套保全系統在運作吧？我懷抱著這種不安（但也期待這個系統沒運作），而且從這裡的學生來看，我很明顯是外人甚至是入侵者。雖然我受困於這種負面想像，不過到最後，我沒被任何人攔下就抵達自習室。

感覺自己像是變成透明人。

老實說，「正在偷偷摸摸做壞事」這種伴隨著愧疚的亢奮感，如今也逐漸萎縮消退了。

反倒有種「沒人理我」的心情。我好像被當成空氣，體認到自己是否存在都沒差。做出決定、採取行動，使我原本有種正在進行大冒險的感覺，如今卻有種被潑冷水的感覺。而且是可能心臟麻痺致死的冰水。

我擅自認為這種只需要用功的場所，或許存在著我的棲身之所，不過真的走進來一看，就覺得我果然無法容身。照這樣來看，即使我考上大學，肯定也會品嘗到相同的感覺。

其實我早就知道了（我知道的）。

我太快對自己心灰意冷。假裝灑脫，假裝放得下，將受到的傷害降到最小。我也察覺到這種管控傷害的行徑害得我全身傷痕累累，但我即使察覺也無計可施。即使知道這種生活方式毫無建設性，但是這麼做很輕鬆。

在這個時候，「還是回去吧」這個念頭再度要統治我的身心。好，原本打算暫時在這間自習室等待，不過如果我開門往裡面看，忽瀨亞美子沒在裡面的話，我就直接回去吧。華麗地掉頭走人，吸引補習班所有學生的視線吧。

我想出這種以奇特行徑引人注意的點子，代表我的內心處於極限邊緣的緊張狀態，但我沒能好好自覺。如果我打開自習室的門，發現忽瀨亞美子真的不在裡面，我應該會像是跳芭蕾舞一樣輕盈轉圈吧。

到時候，或許真的會有人叫警衛過來，不過事情沒有這樣演變。

換句話說，她在。

忽瀨亞美子在裡面。

而且她身穿制服，就坐在開啟門後不遠處的位置。我們四目相對，完全沒有掩飾的餘地，所以彼此都愣住了。

看來，我的願望傾向於在我變得抗拒、變得厭煩的瞬間實現。難怪我和阿良良木的緣分過了再久都斬不斷。

016

哇，好巧，我也從今天開始上這間補習班，在這種地方見到妳真開心，忽瀨同學真是的，妳從那天就請假，我很擔心妳耶。不過看妳氣色不錯真是太好了！講得誇張一點，我就是講出一大串類似這種感覺的謊言，但是對方完全不理會。忽瀨亞美子以凶神惡煞的表情瞪我，和似乎是一起用功的幾個朋友們講了兩三句話，就大步走向我，揪起我的頸子把我拖出自習室。

即使如此，我還是想繼續講一堆丟人現眼的解釋，但忽瀨亞美子一點都不願意聽。到了這種程度，說謊的愧疚感就被對方不相信謊言的不滿超越，不過要是過度抵抗，我的脖子可能會直接被扭斷，所以我任憑她拖著走，任憑擺布。

如同聚光燈終於打在我身上，至今絲毫不把我當一回事的補習班學生，像是想知道究竟發生什麼事，將視線聚集過來。我優雅揮手示意沒事，不過在旁人眼中，肯定只像是在痛苦掙扎吧。

我真的就這麼輕易地被帶到補習班外面。原本以為她把我扔出去之後就會回到補習班，卻不是這樣。忽瀨亞美子好像想帶我到更遠的地方。

被我用蠻力拖到樓頂的客藤乃理香，應該就是這種心情吧。如果是這樣，我覺得報應未免也太早來了。居然當天就來，神太疼愛客藤乃理香了吧？

她要帶我去哪裡？該不會要把我帶到暗巷之類的地方，這次真的要好好修理我吧？差不多要演變成這種結果了，我卻完全沒預測到，我不禁詛咒自己的粗心大意，不過忽瀨亞美子在最後放開我的場所，是二十四小時營業的速食店裡。

我沒有這種經驗或文化，不過這裡很像是高中生用來聊天的店。忽瀨亞美子到櫃檯隨便點杯飲料之後找位子讓我坐，她也坐在我身旁。

兩人坐在四人桌的同一側。

總覺得這麼坐像是感情很好的朋友，但她和我才第二次好好交談，而且氣氛險惡到無與倫比。

大概是我厚臉皮闖入她的私人領域讓她火冒三丈，或者單純是我聽她說了那麼多卻依然沒受到教訓，所以她不原諒我。也可能兩者皆是。

總之，我這次來找她，就像是討厭的傢伙無預警找上門，所以忽瀨亞美子難免會生氣。這種程度的事都沒想到的我愚蠢至極。

不過既然這樣，我實際上期待她做出何種反應？我真的不敢說自己沒有突然出現嚇她一跳的惡意。

目前光是沒挨打，就該說是意外的收穫了，而且當然無法保證我接下來不會挨打。即使她現在當場將飲料潑在我身上的新制服，我也無從抱怨。我就是做了這麼過分的事。

我這個人完全不會為誠心為這件事反省，不過另一方面，我在自習室找到的忽瀨亞美子似乎在和朋友努力讀書，我對此率直抱持「真是太好了」的安心感。

什麼嘛，原來這傢伙不是孤單一人。

不知道是在補習班交到的朋友，還是現在就讀不同高中的國中同學。雖然她在班上孤立，這幾天一直缺席，雖然「不必建立人際關係，只要用功就好的補習班這邊沒請假」的道理，我這種類型的女生很容易認同，不過事情似乎沒辦法這樣切割。

哎，不需要人際關係的場所，終究不存在嗎？

她剛才唸書的時候好像很快樂耶……原來忽瀨亞美子會像那樣露出笑容，擅自帶入情感的我丟臉得不得了，丟臉到無底自容，好想從地球上消失。

忽瀨亞美子現在對我大概是氣到不行，但我也逐漸冒出近似憤怒的情感。擅自認定、擅自行動、擅自生氣。天啊，我這個女生真是難應付。

我的這種情感，大概是無須言語也傳達過去了（也可能是我又不小心說出口），忽瀨亞美子問我「妳這傢伙到頭來想幹麼？」這個中肯的問題。雖然具備魄力，但她的語氣和她在樓頂逼問我那時候溫和了些，該怎麼說，就像是奇妙的傢伙令她頭痛至極，我清楚看得見她背地裡的想法。

總之，我知道自己只是一個性格惡劣無藥可救的女生，不過就忽瀨亞美子看來，我這個行動總是出乎預料的轉學生，在她眼中或許頗為陌生又神祕吧。

如果她把我看成充滿謎團，應該說毛骨悚然，不能貿然扯上關係的「特別人種」。我真的會失笑，也不會為她的誤解感到開心。就算這麼說，我也無法否定自己這一連串行動稍微脫離我這種角色的分際，我對此感到煩悶。

從忽瀨亞美子的角度，這次是第二次和我交談，無論她覺得我有神祕感還是異鄉感，或許還在猶豫該以何種方式接觸我。要是這時候採取錯誤的應對方式，不知道這個似乎來自不同文化的來路不明轉學生會做出什麼舉動，導致她講話變得戰戰兢兢，也是在所難免的事情。

對於無預警造訪的我，不滿或忿恨的情緒或許無窮無盡吧，不過忽瀨亞美子接下來說出口的是「怎麼樣，妳這傢伙後來跟班上處得好嗎？」這種像是顧慮我的話語。

只是，我並不是沒感覺到她表面上關心我，實際上又想把棘手轉學生扔給其他同學的想法。先把這種猜測放在一旁，如果純粹只回答這個問題，老實說，我應該回答「處得好」，接著回答「雖然處得好，但是今天被我親手搞砸了」。

一直沉默也沒完沒了，所以我先委婉告知這個事實。然後我睜眼說瞎話，表示自己之所以像那樣跑去補習班，是在擔心請假沒上學的妳。

雖然不是欺騙，卻是偽善。

忍瀨亞美子對我的假惺惺明顯露出厭惡表情，不過對於我脫口條列說明的狀況，她似乎在腦中連結成功。換句話說，她好像大致猜到我「擔心」她的結果，以及我是怎麼「搞砸」的。

與其說她聰明，不如說從她語氣與態度給人的形象，看不出她擁有如此敏銳的感性。

正如各位的猜測，對於已經聽客藤乃理香說明「班上隱情」的我來說，她給我這種印象是理所當然。總之，忍瀨亞美子一臉有苦難言的樣子。

或許她無法原諒我以這種方式濫用她提供的個人情報。要是她責備這一點，我恐怕會被逼得謝罪，所以我須像是掩飾般主動講得滔滔不絕。我決定即使會稍微口誤或是語塞也要強行闖關。

任何人對我怎麼想，我都不管了。反正我差勁透頂，即使怎麼被誤解，都是比我本人來得好的假象。

不過，喜歡垂死掙扎的我，決定至少在打開話匣子的時候裝可愛。
想想第一句話該怎麼說吧。

017

忽瀨亞美子原本是班上的最高掌權者……這種說法有點語病，也帶著些許惡意。雖然客藤乃理香傾向於故意使用誇大的字眼，但總之她以這種走錯時代的方式，形容連日缺席的忽瀨亞美子。
最高掌權者。
如果解釋成「班上的領導者」，這個形容就很貼切，此外，如果假設她正因為曾經處於這個立場，所以對於班上同學的個人情報與個性掌握透徹，我先前隱約冒出的突兀感就消失了。
不過，說到領導者，那一班肯定也有一個人被這樣稱呼（忽瀨亞美子自己就是這樣形容的），那就是珠洲林莉莉。
關於這方面，我不需要詢問客藤乃理香，憑自己的感覺就知道，忽瀨亞美子和珠洲林莉莉處於對立狀態。

班上有兩個領導者？

感覺應該處不來，也會成為亂源，不過依照客藤乃理香的說法，雙方的類型不同，所以即使對立，也沒有把事情鬧大。總之，雖然不應該只靠印象評論，但我確實覺得忽瀨亞美子沒有「領導者」的感覺。

講好聽一點是大姊頭風範，講難聽一點是粗魯。

即使是具備人望的實力派，也不是率領眾人的立場。這種實務工作，她這種人應該會嫌煩吧……反觀珠洲林莉莉，應該是喜歡照顧別人的類型。即使退休，她好像還是以校友身分到社團活動露面，這可說是珠洲林莉莉愛照顧人的例子。

既然這樣，也可以說她們確實分工合作，不過這種構圖也不能說完全沒有瑕疵……尤其就珠洲林莉莉看來，忽瀨亞美子可能是明明任性行事，卻不小心只獲得人望或人氣這種實質利益的奸詐傢伙。真要說的話，我也屬於那一邊的人，所以很清楚正經八百的人會對自由奔放的人抱持這種嫉妒心態。

只覺得對方占盡甜頭——雖然實際上肯定沒這麼單純，不過就像客藤乃理香這種人會以「最高掌權者」來形容，暗地裡看忽瀨亞美子不順眼的同學，我可以想像應該不在少數。

只不過，如果只是這樣，那麼這只是全日本任何教室都會發生的，普通的權力鬥爭。保持危險均衡的共同體。即使偶爾會晃動，卻也是維持平衡的方法，而且這也是出社會之後需要的經驗——總歸來說就是「一種米養百種人」。

與其將權力集中在一個人身上，分散到兩人或三人，是比較正確的風險管控方法。不過，這個平衡是抗爭的前一個階段。只要有個契機就會瓦解。就像我兩年前所屬的那一班。

客藤乃理香真要說的話似乎是珠洲林莉莉那一派（應該說，以她溫和又和平的個性，和忽瀨亞美子這種粗魯作風的女生相處，無論如何都會產生摩擦吧。不過即使如此，她好像還是自認處於中立立場），不能把她說的話照單全收，所以必須扣除一些偏見來思考，不過將她說的話拿來和當事人們——忽瀨亞美子與珠洲林莉莉對我說的話進行比對，我轉學到那一班的不久前，那間教室好像發生我接下來要說的這個事件。

不，並不是明顯發生過堪稱「事件」的事情……不過旗本肖在這裡登場。

從忽瀨亞美子連日缺席之前，就沒來上學的女生。我只看過座位表的姓名，連她長什麼樣子都不知道。

關於她的事情，客藤乃理香也沒有多說。我以為果然是講到重點部分會不方便說出口，然而不是這樣，實際上是客藤乃理香原本就不熟悉旗本肖的為人。

看來旗本肖是不適應團體生活，有點孤立的學生。這種事情我好像在哪裡聽過，不過這正是後來事件的伏筆。

我說「有點孤立」並不是為了形容得婉轉一點，是因為她並非完全孤立。旗本肖在班上幾乎沒和他人打交道，但忽瀨亞美子幾乎是唯一的例外，兩人交情相當親密。

好像是兒時玩伴。

……我超討厭「兒時玩伴」這個詞，總之，不擅長和他人打交道的旗本肖，堪稱因為和最高掌權者忽瀨亞美子關係密切，才得以在教室確保容身之處。

這也是見仁見智，不得不抱著某種程度的擔憂，有點扭曲的人際關係，但我也沒有保守到否定這種大膽無視於班上階級的友情。畢竟沒發生什麼事情就好，即使發生什麼事情，只要好好處理就不會演變成大事。

不過，事情發生了，而且忽瀨亞美子處理失當，導致狀況演變成大事。

關於這部分的原委，客藤乃理香頗為詳細地對我說明，但我聽著聽著（明明是我自己問的）卻不耐煩起來，所以從中途就沒聽進去。總歸來說，忽瀨亞美子和旗本肖某天大吵一架。

不對，雖然激烈程度真的可以說是大吵一架，不過並不是字面形容的雙向爭吵，始終是忽瀨亞美子單方面大罵旗本肖。

由此看來，即使是從小一起長大的朋友，階級關係果然確鑿不移吧。總之，「對等的朋友關係」是幻想之最，正因為彼此稍微瞧不起彼此，才能建立更堅定的友誼。朋友關係原本就隱藏著隨時瓦解都不奇怪的危險。

我是這麼認為的。

兩人吵架的原因，客藤乃理香也告訴我了，不過就我看來荒唐又無所謂，所以我在此省略（稍微提一下吧，內容挺低級的），總之，兩人的友情就此出現裂痕。

裂痕擴大，無從修補。

之所以不能當成「常見的事」帶過，是因為這場騷動留下後遺症，並非僅止於個人之間的問題，還波及全班。

第二天之後，旗本肖沒來上學。名義上姑且是感冒，但是明眼人都看得很清楚，真正原因是前一天忽瀨亞美子毫不留情的怒罵。

將旗本肖逼到不來上學的不是別人，偏偏是她的朋友，而且是老朋友。立場強勢的一方打垮立場弱勢的一方。這件事足夠讓班上的最高掌權者忽瀨亞美子沒落。

足夠嗎？身為外人的我難免感到詫異。

認定忽瀨亞美子的蠻橫作風形成的不滿漩渦以此為契機爆發，反倒比較接近真相吧。至少從珠洲林莉莉或是立場和她相近的學生來看，這肯定是用來踢掉對手的絕佳機會。

就這樣，忽瀨亞美子孤立了。

不是有點孤立，是露骨到連轉學生也一眼就看得出來，貨真價實的孤立。

從班上的大紅人摔落谷底，我也有過這種墜落的經歷，所以我未必能夠置身事外。以我的狀況，我甚至成為長達數年的家裡蹲。只不過我的隱情大不相同，以忍瀨亞美子的角度，她也不想和我相提並論吧。但是對她來說，接下來的學校生活以及今昔的落差，將是一種難以承受的痛苦，這是可想而知的。

我一無所知傻乎乎接近過去的時候，她以那種方式推開我，果然是因為不想波及我吧。這部分讓我認為她確實不只是個粗人。

不過，她從隔天開始請假不上學，肯定是拿我當藉口，所以我很難謝謝她。因為被孤立，所以自己也和旗本肖那樣不上學，曾經是前掌權者、前紅人的她，自尊心應該不會允許吧，但如果是以「逃離煩人轉學生」為理由，就可以辯解自己裝病也是逼不得已。

這種東西，終究只是講給自己聽的藉口，不過我很清楚講藉口給自己聽有多麼重要。

後來，班上同學開始對我親切到過剩的程度，如果解釋成他們因為孤立忽瀨亞美子，逼得她和旗本肖一樣拒絕上學而抱持罪惡感才做出這種補償行為，這種辯解應該只對當事人有效吧。不，果然只是對於當事人也不管用的謊言。

無論如何，以上就是我夢想著開朗的學校生活轉學之後所就讀班級教室的近況，但是這可不能輕易當成孩童之間不足為提的小摩擦，因為隱藏著相當嚴重的問題。

忽瀨亞美子和旗本肖的階級關係，以及全班和忽瀨亞美子形成多對一的這幅構圖——無從扭轉的敵我戰力差距，無疑滿足校園暴力的要素，既然拒絕上學的學生多達兩人就更不用說了。這已經跳脫草草了事的範圍，這或許也是他們與她們禮遇我這個外人的另一個原因。

必須將我納入這個共同體，打造為「共犯」，否則我這個外人可能會以目擊者身分成為檢舉人。以現代孩子們的情報網，應該不會不知道這代表什麼意思。

孩子缺乏身為孩子的自覺。

沒想到會變成這樣——客藤乃理香是這麼說的，不過這部分是否屬實就很難說。因為我以前的同學們肯定也說過相同的話吧。

畢竟忽瀨亞美子以高壓態度對待旗本肖是事實，這樣的她像是因果報應般遭到孤立的時候，覺得她「活該」的這種驕傲惡意不可能沒在教室蔓延。只不過是包裹已久的腐爛危機終於外露，完全不是出乎意料的事態。

真要說的話，只不過是回收伏筆罷了。

身為過來人的我如此認為。

如果我是在講故事，這時候或許能以「所有人各自遭受報應了，可喜可賀」這段話做結，然而旗本肖與忽瀨亞美子當然不用說，以客藤乃理香與珠洲林莉莉為首的班上成員，也都不是出現在故事裡的人物，擁有各自的將來。

自以為是受害者而造反，結果自己成為加害者，現在的他們與她們擔心遭受責罵或是懲罰，害怕到膽怯的程度——而且或許在內心某處期待著這一瞬間。

這不是表面上的漂亮話。

因為所有人其實都知道，當個受害者輕鬆得多。

018

關於我一連串卑鄙的偵查行為，忍瀨亞美子究竟做出何種反應？只有這件事必須等到說完才知道，進一步來說，我是否能平安說完都是未知數。不只是放任事情自行進展的程度，甚至是整個放爛的感覺。可能性最高的狀況，就是她在我講到一半就板著臉默默離席，不過從結果來說，她耐心聽我說到最後，而且完全沒插嘴。

這麼一來，反倒是我不知所措。

只要對方不講話，我就會覺得這是無言的譴責。到頭來，我整理完說出口才發現，追根究柢，別人只會覺得我在逃避責任，在狡辯忍瀨亞美子連日缺席不是我的錯。我為了逃避責任而威脅客藤乃理香，不只如此，還為了進行以防萬一的確認，厚臉皮闖入當事人的私人領域。

說什麼「我很擔心妳」，我擔心的只有我自己。

總是如此。

所以，即使忽瀨亞美子這時候臭罵我一頓，我也準備甘願承受，但她沒做這種事。

說不定，忽瀨亞美子從旗本肖的事件得到教訓，因此無法對我採取更進一步的態度。回想起來，上週她在樓頂質詢我的時候，也可以說是虎頭蛇尾。這麼做的結果，導致我四處找人調查打聽，所以她現在應該處於「這是在開什麼玩笑」的心境吧。

總之，人生不如意的時候，出乎意料就是這麼回事。人生從來沒如意過的我這麼說，所以肯定沒錯。

速食店裡的這個座位，就這麼一直持續著尷尬到心神不寧的沉默，在我差不多開始思考她何時才肯放我走的這個時候，忽瀨亞美子打破寂靜。「那些傢伙為什麼老是講那種普通的話？」忽瀨亞美子倦怠地低語。

「那些傢伙」？這是在說讓她孤立、沒落的班上同學嗎？不過實際上和我猜測的完全不同。她好像是將電視上的名嘴包括在內，懷抱敵意，以這種方式稱呼這種人。

「每次發生什麼驚動世間的事件，就老是講些千篇一律的論點，就沒有自己的個性嗎？上電視大大宣傳自己是個個性不突出的普通傢伙，這樣不丟臉嗎？」罵人的話語像是決堤的大水源源不絕。

雖然比起聽她罵我來得好受，不過，一直聽她講別人的壞話，也不是什麼愉快的事。我很少看電視，所以不知道名嘴會講什麼普通的話。

這是什麼？閒話家常？

雖然時期晚了點，不過忽瀨亞美子想和我培育友情嗎？有人說，女性相互培養情感的有效方式，就是講別人的壞話炒熱氣氛，雖然這個說法充滿偏見（畢竟我是被說壞話的這一邊，所以不知道是真是假），難道忽瀨亞美子想實踐嗎？

我錯了（呵呵，我早就知道了，我知道天底下沒人想和我成為朋友）。

總歸來說，她似乎很想批判橫行於世間的「典型意見」。我沒理由幫名嘴說話，但是真要說的話，說普通的話或是做普通的事，在大多數的場合都是正確的吧？

至少，普通的意見是多數派的意見。不過，以表決為基礎的正義偶爾是殘酷的，隨時是殘酷的，永遠是殘酷的。

對於我這麼不配合（我的壞習慣是無論如何都想反駁對方的言論，難怪我交不到朋友），忽瀨亞美子聳了聳肩，總之先結束她的電視經，然後說著「總之妳這傢伙詳細調查到的情報都沒錯」，進入像是正題的話題。

「老娘的孤立是老娘的錯，妳別管太多。轉學生，別和老娘有所牽扯啊。」

她在當地居民之中，似乎也是口音很重的一人，我只能從她的表情大致推測話中含意，但是忽瀨亞美子這次似乎真的鄭重棄我於不顧了。

講話有點在酸自己，也像是陶醉在這樣的自己，總之，即使在「沒落」這部分共通，但是她應該和我不同，不是壞到骨子裡的壞人。

忽瀨亞美子不是「惡」。

既然被班上同學逼得拒絕上學，就應該是要被世間批判的「惡」，這一點我完全無從袒護，不過如果可以用「她是壞人」這個理由迫害，就可以用「被排擠的一方也有問題」這個說法回擊。

因為是問題兒童，所以虐待也沒關係。

我自認是在管教。

那真是謝謝您的指導與鞭策！

……這種義憤與私憤，我早就已經完全失去，如今不會多麼生氣或憎恨，所以我在理解忽瀨亞美子這番話的過程中，對此沒什麼特別的想法。

實際上，我是個問題很大的兒童，也知道世間就是這麼回事。所以我討厭的只有大幅脫離世間框架的阿良良木一人。

對我來說，寬恕那個男的，我將會失去一切。阿良良木曆是我的一切。

拜託別搶走。

對於世間一般人來說，弱者與強者與壞蛋與少數派，是施以何種行為都沒關係的對象，同樣的，對我來說，阿良良木曆是我抱持何種想法都沒關係的對象。我思考這種事的時候，忍瀨亞美子以疑惑的模樣看著我。

如果她開口問，我該怎麼介紹阿良良木？我對此慌了一下，但她問的是如果這場騷動傳到教職員室，甚至引來電視新聞採訪，不知道她會被罵得多慘。

這我不方便表達意見。

既然出現兩個拒絕上學的學生，我想教職員室應該已經掌握這個問題。既然沒有出面解決，代表校方默認現狀。

我不知道。

在關鍵時刻，校方打算這麼做嗎？

和我那時候一樣。和問題曝光才視為問題而採訪的電視新聞一樣。

不過，即使媒體出面解決，看到逼使旗本肖拒絕上學的忍瀨亞美子也被逼得拒絕上學，感覺他們也不太能對這個狀況採取強勢態度。

不過，我不知道實際會怎樣。

一旦點火，就要把加害者逼到上吊才罷休，這是世間常理。而且大家會異口同聲，善良又和平地說出客藤乃理香那樣的話。

「我不知道為什麼會變成這樣」。「我沒那個意思」。

既然沒那個意思，那麼是哪個意思？

個個都毫不客氣地講出和加害者相同的話語。袖手旁觀的人和加害者同罪，連看都不肯看的傢伙真敢講這種話。

基於這層意義，先不提拿我當藉口是否正確，忽瀨亞美子自己也拒絕上學，和旗本肖分享相同的痛苦，可以說是較好的選擇。雖然可能背負起逃避責任的風險，不過將她孤立的班上同學，罪惡感應該比較強烈。

「老娘雖然不太懂……」忽瀨亞美子似乎愈說愈激動，高談闊論般說下去。「被罵個幾句就不來上學，完全搞不懂這種傢伙在想什麼。」這段話看不出反省的態度，但這是她看到我沒什麼反應，才故意說得這麼挑釁，即使是極度不懂人心的老倉育也明白這一點。或許她對於不負責任向學校請假感到愧疚，所以希望我反駁並且說幾句重話，不過很抱歉，既然這樣，我只能說妳找錯人了。

因為我是這個世界上最沒資格責備別人的女生，所以只能背叛這份期待。所以我光是回以「哎，學校原本就不是這麼讓人想來的地方啊」這種沒誠意的附和就沒有餘力。

雖然我一臉出生就是女高中生的樣子，身上也穿著制服，但其實即使從直江津高中開始算，正確來說，我上學的天數連一學期都不到。

說到拒絕上學，即使忽瀨亞美子與旗本肖兩個人加起來，在我面前都算不了什麼。

差距不只是兩倍。

這樣的我能升上三年級，還姑且有望畢業（雖說換了學校），一言以蔽之，無疑是直江津高中教職員室的好心安排……所以說到請假不上學，我在這方面是專家。

至今我把拒絕上學講得像是天大的問題，不過老實說，我覺得事情沒那麼大不了。

就像忽瀨亞美子現在這樣，要唸書可以到補習班，我也是在家裡自己唸書。旗本肖怎麼做就不得而知了。

常有人說學校不是只用來唸書的場所，既然這樣，就代表如果只是想念書，千萬別去這種場所比較好。

總之，世間並不是這樣運作的，勸我好歹念完高中的箱邊夫妻就是代表性的例子。我在這裡講歪理也沒用。

對於我這種膚淺的建議，忽瀨亞美子也是不抱任何情感聆聽。不知為何，我得知忽瀨亞美子的苦衷之後，和她的距離肯定比那時候更近，但是現在的對話感覺比上次在樓頂時更不合拍。

這也難免。

我沒辦法對她講出任何她想聽的話。連一丁點都無法回應她的要求。即使如此，我始終應該對她說出那句話吧？

即使這句話是老生常談，是偽善，是一句平凡的話語。

即使知道這是謊言，我還是應該對她這麼說。

「這不是妳的錯」。

019

最後的最後，忽瀨亞美子臨走之前，以細微到幾乎要消失的聲音對我道歉。是的，即使小聲，卻也非常粗魯的一聲「抱歉」。我覺得她說得不情不願，實際上，這應該也是不情不願的一句話吧。

總之，就她看來，我是來批判她裝病請假的固執奧客，不過，她自己讓旗本肖感受到的心情，也連帶讓我感受到了，所以大概是覺得過意不去，即使只是嘴上說說，她也認為必須像這樣對我道歉，才能為這件事做個了結。

呵呵，請別在意，沒什麼原諒不原諒的喔……如果我的器量足以在這時候如此回應，大方收下這張和解狀該有多好，但是容量不足的我，頂多只能回給她一個抽搐的笑容。

就這樣，忍瀨亞美子在最後一邊咂嘴，一邊朝著補習班方向走回去。她接下來要補足被我闖入而中斷的唸書進度嗎？

或許她的目標是相當優秀的大學。

若是如此，基於這層意義，不去友情、愛情、團體行動或連帶責任等要素複雜攪合在一起的高中，改在補習班努力唸書，應該是正確的選擇吧。無論如何，我以「會讓我留下不太好的回憶」為理由勸她上學也很奇怪。

因為無論往哪個方向，她都沒道理為了我而強行修改自己的人生。這也可以套用在旗本肖身上。

在這個狀況，她要是和忍瀨亞美子和好，再度開始上學，即使不到解決的程度，總之也算是打破僵局，但是對我當然不用說，即使對於忍瀨亞美子，旗本肖也沒義務這麼做。

忍瀨亞美子對旗本肖的態度多麼強權或獨裁，我只能憑空想像，但她的拒絕上學，和我或忍瀨亞美子種像是鬧彆扭的心態不同，可以說是確實鼓起勇氣進行的抗議活動，不會輕易撤回。

旗本肖同樣算過出席天數，所以很可能就這麼缺席到第二學期的結業典禮，進而到畢業的那一天。

這麼一來，忍瀨亞美子即使抱持多麼愧疚的心情，整個班級即使洋溢著有點涼意的尷尬氣氛，那間教室依然會就這樣毫無變化，正常存在於該處。

我今天也東奔西跑一整天，不過若問我這麼做的結果獲得什麼獎賞，答案是完全沒有。不，反倒還失去了。

享受溺愛的大紅人生活，以及或許和客藤乃理香建立過的友情，我基本上都失去了。接下來等待我的，是不和任何人說話就度過一整天的寂寞青春。不只是孤立，而是遭受全班白眼以對，度過如坐針氈的一個月。

什麼都不做絕對比較好，絕對是正確的。

就算這麼說，如果這時候連我都不再上學（我是拒絕上學的專家，對於這件事本身不會抗拒就是了），但是一班有三人缺席終究不太妙吧，校方可能會採取行動。

若是演變成無法佯裝不知情而帶過的狀況，校方應該也不惜在「考生最後衝刺階段」這個極為敏感的時期著手解決問題吧。到後，「全班是加害者」這個構圖將面臨何種決？光是想像就感到絕望。

我和班上同學的交情，就只有稍微受寵的程度而已，所以當然完全不會顧慮到他們的將來，犧牲自己度過寂寞的青春，卻也不想成為這個風波的中心人物。乾脆把一切搞得亂七八糟吧？我也曾經基於不明源頭的煩躁感，冒出這種毀滅性的想法，不過這種等級的願望，可以發洩在想像中的阿良良木身上就消火。

沒關係。

反正我原本就不認為能享受快樂的高中生活。

我沒有幻想自己能交到許多朋友，或是交到出色的男友。比我的負面思考糟糕得多的既定命運，出乎意料在轉學不到一週的這時候就來臨，不過沒關係。早點得出討厭的結論，比較能讓我免於期待。

到了這種程度，我反而抱持「再怎麼孤立我也沒關係」的心態。

知道了知道了，各位。

既然這麼想讓我專心向學，叛徒老倉我就只回應這個希望吧。十二月的期末考，我就以討人厭傢伙之姿，在包括美術的所有科目拿下滿分遙遙領先，讓你們目瞪口呆吧。

好好品嘗加倍的敗北感吧。

不不不，我就以討人厭傢伙之姿，毫無意義地打扮成可愛模樣，頭髮剪得超短染成褐色，再拿下全學年第一名的成績，賦予三倍的屈辱吧。

就像這樣，該說是意外的效果還是副作用，這樣的我終於在十八歲的冬天，像是發洩情緒的扭曲時尚品味出現覺醒的徵兆，不過，另一件事幾乎在同一時間發生了。

就像是在嘲笑我這種傢伙休想擁有時尚品味，接下來迎接我的，是我一直相信再也不會出現的展開，也是最悲慘的展開。明明所有立方體的展開圖只有十一種，我的決心卻真的從來沒有實現過。

020

接連發生令我愕然的悲慘事件，我卻沒有自詡是悲劇中的女主角。我不否認自己有陶醉於自虐的壞習慣，卻頂多只把自己當成悲劇中的配角。我即使在自己的人生也從來沒有擔綱主角。

我不是把自己當成麻煩製造者而陶醉的那種人。悲劇女主角這種角色，交給客藤乃理香那種人就好。

我的人生之所以是令人不忍卒睹的慘劇大公演，並非因為我是特別的人種，是因為我做了多餘的事情。

因為做了多餘的事情，所以惹來多餘的禍害。

明明默默耐心忍耐，等到充滿慈愛的親切人們出手相助就好，我卻忍不住採取行動，忍不住想改變自己的立場。

這個時候也是，我做出多餘的事情，成為這個事件的開端。要是我在失意之中垂頭喪氣乖乖回到箱邊家，就不會不識趣地貿然闖入後來的著名場面。

因為，我是毫無關係的配角。

就像是戲分結束卻錯過下台時機的演員，即使對此抱怨，編劇也很頭大吧。

我造訪補習班，找到忍瀨亞美子，被她帶出來，進行不合拍的對話之後，夜幕已經完全低垂。

畢竟還有晚餐的問題，實際上我原本應該趕快回家。不過，今後註定會孤立的我到了這個節骨眼還胡思亂想，最後決定享受孤單一人的高中生活。

所以，我在回程的路上，踏入正在營業的電玩中心。這是我有生以來，第一次來到這種熱鬧的場所！

聽說時下的女高中生習慣在這種地方拍大頭貼。現在是智慧型手機的全盛時期，明明自己想拍照隨時可以拍到爽，這種拍照機器卻依然沒衰退，肯定是因為它擁有非比尋常的魅力。我從以前就這麼認為。

我沒有能用在打電玩的錢，不過拍張照片紀念自己孤立應該沒關係吧。感覺自己正在做一件比入侵補習班更壞的事情，感覺心跳加速的我，不顧一切進入響著花俏音樂的電玩中心。

換句話說，我是為了發洩情緒，發洩鬱悶情緒而繞路來到這裡，不過，對我來說是一場大冒險的這次路線變更，我一開始認為是難得正確的做法。

對於初次體驗感到戰戰兢兢的心情飛到九霄雲外。原因在於這種叫做大頭貼的拍照機器，居然在使用說明清楚講明擁有修正拍照者眼神的功能。

可以修正眼神？修正我這種眼神？

我臉上的笑意藏不住。大膽說個可能被懷疑個性出問題的感想，阿良良木以外的煩惱都變得不重要了。忽瀨亞美子與旗本肖都從我的腦海忽地消失。雖然只限於照片，不過堪稱我這個人存在象徵的這個瞳孔形狀，真的可以變更？

原來如此，既然具備如此高尚的功能，在任何人都成為外行攝影師的現代，這種機器即使沒衰退也不奇怪……因為它能去除我十幾年來的自卑要素。

如果我的雙眼變得烏溜溜閃亮亮，我的失敗人生或許會變得截然不同，這份妄想如今即將獲得證明……這份喜悅令我全身顫抖。

不過，這種喜悅當然也只在一瞬間。問題當然不是價錢。是沒錯啦，拍一次要五百圓，光是這樣我眼睛就快要掉出來，光是這樣我眼神就快要改變，面對貴到堪稱犯法的這種價格，加溫的內心一下子就冷掉，即使如此，我還是在百般苦惱之後勉強踩穩腳步。

我下定決心僅此一次，允許自己進行這輩子第一次對自己的投資，也就是允許自己平白浪費金錢。

我會改變。

不，我很清楚，即使修照片改變眼睛形狀，也完全改變不了我的人生，但我認為現在的我需要這種改革。

這份直覺究竟正確還錯誤，如今是無法跳脫臆測，永遠解不開的謎。因為我到最後沒能進入這台拍照機器。

之所以這麼說，是因為我手邊沒零錢，所以必須去兌幣機那裡，將千圓鈔票換成五百圓硬幣。

為什麼不能像是自動販賣機那樣，每台機器都能找零呢？我一邊感到詫異，一邊移動到設置兌幣機的場所（我好歹敢走到兌幣機那裡），但是我排隊排到一半，就慌張得像是跳開般躲到柱子後面。

這是過於反射性的動作，我自己都不知道為什麼要躲起來，不過等到思緒追上來，原因就顯而易見。因為我在兌幣機前面的隊伍看到認識的人。

抱著改變心態衝進電玩中心居然遇見熟人，真巧！這是我個人的感想，不過這幅光景就只是同校學生在學校附近的娛樂場所巧遇。是的，位於該處的是宍倉崎高中的學生。

進一步來說，是班上的領導者珠洲林莉莉，加上以她為中心之小團體裡的幾個男生。

唔唔，即使是在校外遇見，不過同班同學意外地好認耶……這麼說來，包括忽瀨亞美子，大家在校外還是穿著制服，這或許也是一大原因吧。

我對直江津高中與宍倉崎高中的歸屬感都不強，所以對制服沒什麼情感，不過對於普通的高中生來說，制服或許是證明自己立場的東西。

不過，或許他們和我一樣，只是因為從學校返家才穿著制服吧……如果這樣解釋，今天沒穿運動服的珠洲林莉莉，不是結束社團活動返家嗎？不，終究不會穿著運動服來電玩中心吧……

意外的遭遇使得我的思緒像是漩渦打轉，不過到了這種地步，我可不能這樣下去。

必須盡快逃走才行。

真是的，我的心情變得那麼亢奮，肯定是接下來將面臨糟糕事件的徵兆啊！

我的心就像這樣被羞愧的想法囚禁，不過仔細想想，我絲毫沒有非得逃離這裡的理由。

感覺像是做什麼傷天害理的事情被目擊，不過即使是我這種人，前來電玩中心的人權還是受到保障的。

法律並沒有禁止我玩樂。

表現得落落大方就好。

一群男女放學後來到熱鬧的場所享受華麗青春，我在這樣的同班同學面前不必畏縮。裝做若無其事，簡單給個眼神示意，從旁邊經過就好。

不，以脅迫客藤乃理香的惡行為契機，我的「溺愛期」完全結束，所以對方別說發現我，肯定會故意忽視我吧。應該說，對於他們而言，我這種從外地轉學過來不久的同班同學，如果沒有靠近詢問，或許沒辦法辨別。

不過，這始終是邏輯上的論點，老倉育即使被脅迫也不會遵從這種原則。在粗心大意的時間點突然遭遇這種事，不會想到「逃走」以外的選項。

不過，如果只以這時候來說，早知道我應該採取不符邏輯的行動。這才是對的。早知道我應該按照脊椎反射動作掉頭就跑。

這麼一來，我就不用問了。

若是飛奔而出，我就可以華麗地成功迴避接下來的展開。不過，我連情急之下逃走的雙腳都很遲鈍。

要是用跑的，腳步聲可能會被察覺。這可以說是近乎神經質的謹慎，不過在音樂震耳欲聾的熱鬧場所，不知道這種擔憂有多大的意義。

不，或許有。

因為，即使在這麼大聲的音樂之中，我也聽到珠洲林莉莉呼叫身旁同學——旗本的聲音。

旗本？旗本肖？

021

之前在校門前面和珠洲林莉莉發生過糾紛，加上她是班上的領導人物，所以對她的印象也很強烈……不過說來當然，轉學生活開張第五天的我，沒辦法將這群人的長相和名字完全對起來。

所以，關於這群人裡有個沒看過的女生，我只有「哎，應該是班上的某人吧」這種認知。不過看來她不是別人，正是第一個拒絕上學的旗本肖。

在電玩中心和同學們快樂遊玩的模樣，大幅脫離「拒絕上學的學生」這個形象，然而不只是珠洲林莉莉，後來其他人也叫她的姓名好幾次，所以基本上應該沒錯。

不，沒關係。

我當然不在意。

明明沒生病卻請假拒絕上學的學生，在這裡和班上同學快樂遊玩，這樣成何體統……我不打算說出這種充滿偏見的狂語。法律沒禁止玩樂的對象不是只有我一人。我沒上學的時候幾乎都窩在家裡，但這是我的個性問題，能夠開朗生活是最好的。在這個世界上，非正常生活累積的不滿，應該得用某些方法消除吧。忽瀨亞美子在補習班唸書，旗本肖在電玩中心玩樂，兩者在本質上沒有差異。

和忍瀨亞美子翻臉的旗本肖，改為親近和她對立的另一個領導者——珠洲林莉莉的小團體，也不是嚴重到該形容為「變節」的事情。

看她挺快樂的，這樣很好。

只不過，旗本肖以愉快的聲音，將她逼得忍瀨亞美子拒絕上學的這件事，當成自己成就大業般告訴珠洲林莉莉，像是舉行慶功宴般聚集在這個熱鬧的場所，情形就不太一樣了。

啊啊，沒有啦。其實我也在想，要是旗本肖聽到忍瀨亞美子和她一樣變得拒絕上學，應該也會變成「活該」的爽快心情吧。這時候以過度的道德觀強迫她抱持罪惡感是錯的。這是國家應該擁有的道德觀，個人不可能擁有。不過，如果這一切都是蓄意設局就另當別論。

不，這裡的「一切」是我特有的鑽牛角尖想法。到哪個階段是巧合，到哪個階段是蓄意，我這樣偷聽不可能聽得出來。

忽瀨亞美子和旗本肖的摩擦，肯定是長年累積的渣滓偶然溢出，這樣推測應該比較接近真相。隔天請假沒上學是否基於明確的犯意就很難說。

不過，如果這兩個事件，是和忍瀨亞美子反目的珠洲林莉莉為了有效活用而煽動，蓄意將忍瀨亞美子塑造成壞蛋，使其孤立，另一方面又把請假的旗本肖拉攏為自己人呢？藉此強調忍瀨亞美子的暴君形象，確定她遭受孤立呢？

要不然，也可以推測不是由珠洲林莉莉主導，而是不擅長和他人來往的旗本肖主動向珠洲林莉莉示好。旗本肖從以前就對忽瀨亞美子的態度不滿，把她的怒罵當成一個契機，終於引發革命？

當然，也可能有其他的可能性。那個小團體裡，或許有類似調停者的幕後黑手，極端來說，或許是不在小團體裡的客藤乃理香把他們所有人當成棋子控制，只要在論點下點工夫，這樣的假設也可以成立。

確切的真相，我這個外來的轉學生不可能知道，也無從知曉。只靠這種走漏的情報，一切都無法跳脫臆測的範疇。

不過，即使有著程度上的差異，唯一能確定的只有一件事，就是旗本肖和珠洲林莉莉聯手陷害忽瀨亞美子。

愈聽愈確定。

她們完全不顧周圍耳目，毫不愧疚的語氣，聽到幾乎讓我不想再聽，難以入耳的那份惡意，讓我愈聽愈確定。

啊啊，真是的。

我為什麼聽到這種事？

明明東奔西跑，想說終於結束，明明不想知道什麼真相。

即使稱不上滿足，不過和忽瀨亞美子交談之後，明明肯定已經做個了結，為什麼又要把我拖入這種爛泥沼？

不，珠洲林莉莉或旗本肖，都沒要把我拖入泥沼。對她們來說，我始終是配角。是悲劇還是喜劇就暫且不提。兩人沒有對我做任何事的意圖。

所以，我不是被拖進去，而是自己跳進這個爛泥沼。老實說，我不該做這種不像我會做的事。都是因為我進入電玩中心才落得這種下場。所以我接下來要表現得像是我自己。

像是反作用力般衝動行事，歇斯底里。

老倉育的標準風格。

愚笨如我的客氣個性。

不特別如我的平凡行動。

我從柱子後面跳出來。不是逃走，反倒是全速衝向她們那群人。

目標是珠洲林莉莉。

若將整群人視為共犯，真要說的話，目標（除了旗本肖以外）選誰都好，不過這時候鎖定在旁人眼中也處於領導地位的她，還是最符合我的目的。

放心，話是這麼說，但我並不是要任憑憤怒一拳揮過去。其實我已經激動又混亂到很想這麼做，卻在關鍵時刻把持住理性。是的，我的理性足以將目標鎖定在珠洲林莉莉一邊愉快聊天，一邊以單手把玩的手機。

我像是煞車不靈的失控車輛撞進兌幣機的隊列，聽著他們與她們的尖叫聲，成功從珠洲林莉莉手中搶到數位手機這個目標物。

任務完成。

不對，我自此才終於從起跑線出發。不能停下腳步的一對多。

我維持最高速度，跑向電玩中心另一邊的出口。雖說是最高速度，不過曾經拒絕上學的家裡蹲，衝刺能力可想而知。

也沒有持久力，很快就用盡體力。

在他們還愣在原地時，我必須趁機盡量拉開距離，並且完成下一個目的。

來到小巷的我，幾乎沒思考就繞到附近便利商店後面蹲下，躲在自動販賣機旁邊設置的垃圾桶後面。

我露出自虐的笑。在這種時候依賴的居然是暗巷垃圾桶，真的很像我會做的事。簡直是貨真價實的人渣。

不過，你們是比我還不如的人渣。

我實際輕聲說出這句話，操作到手的手機。我自己沒手機，不過知道常識範圍的操作方法。到頭來，這種裝置都設計成沒有說明書也能使用。

首先最重要的，是切換為飛航模式。

聽說在這個時代，手機公司的保密系統可以對手機進行遙控、查出所在位置或是刪除內部資料，不過只要關閉訊號離線，這種保密就不具意義。

肯定如此。

我對此不抱確信，到頭來，珠洲林莉莉他們終究已經回神，開始在周邊搜索吧，我何時被找到都不奇怪，所以不能悠哉下去。我確信他們不會報警，但是對方有人數優勢……和我不一樣，可以進行地毯式搜索。

已經不是道歉就能了事的程度。

既然做了，就只能做到底。

手機設定為飛航模式之後，我進一步朝畫面滑動指尖試著解鎖，不過正如預料，手機要求我輸入密碼。

啊啊，我想也是。

需要四位數的密碼解鎖。

我感覺冷汗滑過臉頰。或許是淚水也不一定。

我只不過是偷聽到對話，所以我的證詞不可能成為有效證據。我沒有自己的手機，所以也無從發揮現今流行的偵探技能，錄下她們的對話或是偷拍照片。

不過，這是因為我是偏鄉出身的落伍土包子。對於生長在都市的大家來說，智慧型手機已經像是身體的一部分吧。

成為身體的一部分，以及大腦的一部分。

即使是從哪個時間點，只要珠洲林莉莉和旗本肖曾經聯手企圖搞垮忽瀨亞美子，肯定得活用手機當成聯絡工具。

像是電子郵件、社群通訊軟體、簡訊功能或是群組聊天室，證據多的是。

網際網路與智慧型手機的登場，似乎使得國高中生的人際關係變得複雜化、隱形化或是陰險化，演變成社會問題，不過另一方面，只要使用數位機器，百分百的確切證據無論如何都會留下痕跡。

匿名功能這種東西，有和沒有一樣。

只要成功解析其中一人的智慧型手機，就可以造成連鎖反應，轉眼之間毀掉整個團體。

因為早就知道這一點，所以手機的保密基本上固若金湯。不只是防範遠端操作，聽說有個機能是只要預先設定好，當使用者密碼輸入錯誤太多次，手機就會回復原廠設定。

即使不提這種功能，我也沒那麼多時間把一萬個數字都試一遍。我必須以一次就猜對的速度，將珠洲林莉莉的手機解鎖。不然我就真的完了。

等到我歸還手機，也就是自己的安全獲得確保之後，珠洲林莉莉或許會毫不留情將我扭送警局。

不只是這件事，我在各方面都做過虧心事，就某方面來說是逃亡身分，所以絕對要避免這種事態。

四位數密碼。一萬分之一。

我是厄運與不幸的化身，即使機率是二分之一應該也會猜錯，即使猜對的機率是一萬分之九千九百九十九，我也有自信猜錯。然而……

此時傳來響亮的聲音。庇護我這種人的垃圾桶被人粗魯踢開。散亂的空罐或寶特瓶接連打在我身上。

我以手臂保護臉部，朝該處看去，一個男學生一臉凶神惡煞擋在我面前。他大聲呼叫同伴。包括珠洲林莉莉與旗本肖，集結過來的所有人轉眼之間包圍我。

總覺得人數比我在電玩中心看到的還多……大概是召集過來的。

朋友這麼多，真是一件好事。

他們與她們沒有動用暴力，卻毫不留情朝我投以嘲諷的話語。以為這種東西傷得了我嗎？

不過我受傷了。

再怎麼傷痕累累，受傷的時候還是會痛。正因如此，那種假裝受傷、假裝可憐，以軟弱當武器的傢伙，我不會原諒。

比我還無聊的傢伙，我不會原諒。

在叫罵聲的暴風雨中，珠洲林莉莉以更響亮的聲音，以粗魯程度更勝於忽瀨亞美子的語氣問我：「你這傢伙在搞什麼？」

對於總算能讓對話成立的這個問題，我回以「我才想問，你在搞什麼？」這個不算是回答的相同問題。

若要回答，以我同時出示的珠洲林莉莉手機畫面就夠吧。只要我出示解鎖成功，開啟聊天軟體並粗略解析完畢的智慧型手機畫面，應該就夠了。

所有人不發一語。尤其是旗本肖，她臉色變得蒼白，沉默下來。再怎麼表現粗暴態度，再怎麼假裝發火，他們終究是具備正常智能的高中生。

我光是這麼做，他們看來就全部明白了。

明白我搶手機的意圖，也明白他們自己的意圖已經泡湯。

……嚴格來說，他們與她們接下來還是有逆轉機會。在包圍我的這個狀況，只要所有人圍毆我，強行搶回手機就好。這種事易如反掌。

不過，這麼做將會演變成另一個事件。

如果你們有這種覺悟，就是我輸。

隨你們喜歡怎麼做。隨你們討厭怎麼做。

我像這樣毫無防備哈哈大笑，珠洲林莉莉咬牙切齒，以像是看見怪物的眼神看著我，懊悔怒罵：「怎麼回事，妳是前忽瀨派的人嗎？」

忽瀨派？那是什麼……我看起來像是會為了孤立的忽瀨亞美子效力的善良人種嗎？若是如此，那妳也沒資格位居別人之上。「啊？不然妳是哪一派？是為了誰，受到誰的影響，基於誰的價值觀這麼亂來？」她以尖銳的聲音，死纏著我一直問下去，我抱著不耐煩的心態隨便回答。

「我是阿良良木派。」

022

關於我成功輸入密碼，成功將珠洲林莉莉手機解鎖的原因，我沒必要深入說明。忽瀨亞美子提供珠洲林莉莉的個人情報給我，其中也貼心包括她的生日，所以我將生日轉換成四位數字輸入，如此而已。

不能把密碼設定為生日或是四個相同的數字，這是動不動就說到嘴痠的注意事項，不過正因為會這麼做的人沒有少過，才會成為動不動就說到嘴痠的注意事項。

總之，這麼做比瞎猜的勝算來得高，拿生日猜錯就算了，到時候還有其他候補的選項，雖然這麼說，這也肯定是危險的賭局。以最壞的狀況，我也可以將手機藏起來故弄玄虛，不過這是易怒的我最不擅長，最令內心忐忑的交涉方式，所以免於使用這種手段，我打從心底鬆了口氣。

只不過，這當然不是我運氣好。無須拿那間補習班的出入口當例子，再怎麼嚴謹的保全措施，都會因為管理員的偷懶與怠惰而輕易瓦解，這是老生常談的教訓。

以珠洲林莉莉的角度，她應該沒想到和她對立的忽瀨亞美子，居然會記得她的生日吧……是否記得班上同學的生日，和領袖天分沒什麼關係，所以該反省的不是這一點。

總之，我脫離困境的祕密就是這麼回事。

說到後續發展，我手握確切的證據，在眾目睽睽之下告發這群壞蛋——要我這麼做也行，不過性格扭曲的我，決定給她們一次機會，讓她們成為比我正當的傢伙。這是我曾經從各種人那裡獲得，卻從來沒有活用的機會。我由衷希望她們能夠活用。

「忽瀨亞美子大概還在附近那間補習班的自習室，所以現在就去見她，說什麼謊都沒關係，總之去跟她和好吧，這樣我就把手機還妳。」

珠洲林莉莉確定敗北，卻依然以領袖身分逼問我想怎麼樣的時候，我如此放話。聽起來或許是強人所難，不過從狀況來看，應該沒有彼此更奇特又放水的裁決吧。

這是最差人種做出的最佳裁決。請甘願承受吧。

或許是這份虛假的誠意明確傳達，珠洲林莉莉與旗本肖判斷得很快。位於後方一小步位置的其他同學，不知道是還沒完全掌握事態，還是缺乏當事人意識，就只是追著她們兩人而去。

忽瀨亞美子與珠洲林莉莉。

忽瀨亞美子與旗本肖。

對立的兩人，翻臉的兩人。

後來，她們究竟各自採取什麼做法，又經歷什麼過程，雖然相當耐人尋味，不過很遺憾，這不是我能干涉的範圍。而且老實說，我也沒那麼感興趣。對於他人的興趣，我在很久以前就已經用盡。

隔天，忽瀨亞美子與旗本肖都來上學，看來肯定是以脫離常軌的做法，處理得還算順利吧。總之，忽瀨亞美子不像我這麼笨，無論同學們說了什麼，應該也絕對不會照單全收，但她通達世故的程度，應該懂得在這方面輕描淡寫地帶過。畢竟她不像我這麼笨。

無論如何，這麼一來，我轉學進來的這間教室，全體成員總算到齊了。既然階級毀壞過一次，氣氛應該稱不上回復原狀，今後大概也不會回復原狀，不過一邊巧妙掩飾這種事一邊度日，也算是一種青春吧。我事不關己般這麼想。

實際上，這不關我的事。

忽瀨亞美子與旗本肖即使依然處得尷尬，但還是回復為兒時玩伴的關係，珠洲林莉莉與忽瀨亞美子的雙頭政治體系也以絕妙的平衡復活，不過我的待遇依然就這樣浮在半空中。

這也是當然的。

雖說已經歸還手機，不過我在珠洲林莉莉眼中就像是瘟神；即使嘴裡堅稱不知情，不過就忽瀨亞美子看來，狀況在我闖入補習班之後迅速變化，所以難免懷疑我以詭異至極的形式涉入。

或許教室裡將我視為不能小覷的存在？我並不是沒有暗中期待，然而別說不容小覷，眾人很正常地和我保持距離。

換句話說，只有我的孤立狀態，在這之後也只是惡化下去，完全沒有消除。那個事件的相關人物，以更疑惑的眼神看我，想知道我這傢伙究竟有什麼目的。

我當時只是想拍張大頭貼……

雖說好像沒鬧大，但我終究再也不方便去那間電玩中心，不只是這個小小的願望沒能實現，旁人單方面變得愈來愈險惡的眼神，或許堪稱是我唯一的收穫。

雖然只是臨時想到就脫口而出，但我身為阿良良木派，這個妥協點還算妥當吧……不，如果是那個男的，應該會更聰明地結束這件事？當時是這邊先豁出去所以還好，如果是對方先豁出去，整件事或許會因而完蛋，只有這份危機感，確實是我效法那個男的所得到的東西。

總之，這種事下不為例。

這次是對方在打鬼主意（剛好被我撞見）才幫了我一把。否則我應該不會從柱子後面跳出來吧。在心理學裡，人類看到別人受害或是受到折磨的時候，會在腦中思考「受害者也有問題」或「既然受到那種折磨，上輩子大概做過什麼過分的事情吧」，擅自解釋之後接受現狀，不過這次他們湊巧擁有人渣的另一面，真是太好了。陷入孤立的忽瀨亞美子也沒什麼好稱讚的，這個世界正如我想像的應該捨棄，真是太好了。

不過，最該捨棄的人渣當然是我。

毫無收穫，一味失去，也是理所當然的。

啊啊，不……慢著慢著，若要說我一味失去，得到的收穫只有旁人眼神的惡化，其實絕對不是如此。我這種人還是獲得了一個算是副產物的收穫。

我即使展開新生活，也好像完全交不到朋友，對此看不下去的箱邊夫妻，硬塞一支智慧型手機給百般推辭的我。我的孤立起因於我缺乏溝通技能，和我缺乏溝通工具無關，但要說我不開心是騙人的。

拿著智慧型手機，我也覺得自己稍微像是女高中生了。光是這樣就令我內心有點雀躍，我這顆頑固的腦袋真好騙。

說來當然，密碼是亂數決定的四位數。

不只是社群軟體或郵件軟體的收件匣，連通訊錄也幾乎是空白的，所以事實上我不需要這種保密措施……我抱持這種自虐心態，一如往常一個人無精打采，告訴自己再撐半個月再撐半個月再撐半個月就能改變一切，拖著沉重的腳步前往學校時，居然有人打電話到這支智慧型手機。

雖然這麼說，但畫面顯示的是唯一登錄的電話號碼，也就是箱邊家的市話號碼。

我忘了帶什麼東西嗎？即使感到詫異，我還是先接聽電話。來電的是箱邊伯母。她說我才剛出門，就有訪客來按箱邊家的門鈴。好像是來找我的。

我心跳加速。

那……那個人……是年紀和我差不多的男生？

個子不高，看起來擅長數學？

我以強烈到丟臉的氣勢這麼問。

不，完全不是。箱邊伯母如此否定。

這個訪客，是在這種大清早時間喝得爛醉的中年男性，還以口齒不清的聲音大聲嚷嚷，自稱是我的父親。

好～～我知道了，我立刻回去～～

因為，我對這種事已經完全不在乎了。

第二話 駿河・傻瓜

KA NBARU SU RUGA

001

忍野扇這個學弟，究竟是從什麼時候出現的，我沒能好好回想起來。感覺他轉學過來之後，我們就一直在一起，但我不認為發生過什麼契機，使得我們感情這麼好。如果有人說感情不知不覺就會好，或許是這樣沒錯吧。不，說到我如何認識自稱是我頭號粉絲的他，我努力一點就能依稀想起來，不過我每次回想，這段模糊的回憶似乎就會稍微，或者是完全替換為不同的片段。

感覺是驟然相遇，也像是由羽川學姊引介而不知不覺相識，要說一開始是從電子郵件的來往展開數位交流也不奇怪，也記得是因為籃球社的關係而變熟……重複深思久而久之，我內心甚至確信我們是在短短的一天前認識的。

或許直接問他本人就好，不過看到以漆黑雙眸露出漆黑笑容的他，我的疑心也神奇地消失，就這麼不了了之，直到今天。

算了，反正重要的不是過去，是現在。

因為忍野扇這個實際的存在，並沒有造成什麼實際的危害。

002

「我說阿良良木學長，雖然我不想說這種話，但您最近打掃我的房間是不是不太周到？我原本猶豫是否該忍一忍，但是為了您著想，還是容我刻意忠告，一言以蔽之，您鬆懈了。既然要打掃，就得請您更用心掃遍每個角落。是阿良良木學長您主動說要打掃我房間耶？這種不上不下的打掃成果，有做跟沒做一樣。」

我以純淨無暇的忠誠心勸諫我尊敬的恩人阿良良木學長，他對此生氣到超乎我的預料，所以這個月的房間打掃工作得由我自己來。

我認為高中時期的阿良良木學長，肚量沒有小到無法接受學妹的虛心建議，不過成為大人果然是這麼回事吧。

阿良良木學長現在十九歲。

如果生逢其時，那就和戲言使者同年。

說來寂寞，這一年來，我可不是平白旁觀阿良良木學長打掃我房間的樣子。十八歲的神原駿河，已經習得一個人打掃房間的高超技能，是時候讓世間知曉這件事了吧。不過與其說是讓世間知曉，不如說是讓爺爺奶奶知曉。

關於我和阿良良木學長這次吵架，那對溫柔的老夫婦嚴厲訓了我一頓。像是兩段式左轉般分段罵我。沒想到爺爺奶奶沒站在孫女這一邊，而是站在孫女的學長那一邊……我備受打擊。

算了。只要爺爺奶奶看到我的房間乾乾淨淨，肯定也會對我刮目相看。

所以我捲起袖子，在高中最後暑假的第一天，不是把時間用在寫作業，而是用在打掃房間。

我剛開始提到「這個月的打掃工作」，但我認為每個月都做這種事，就沒辦法好好唸書準備考大學，所以今天就下定決心打掃乾淨，將這個狀態維持到明年吧。重點在於每天的累積，不過現在累積的只有垃圾就是了。阿良良木學長看到我的房間變得如此整潔，肯定也會向我道歉吧。

但他現在連電子郵件都不回……

我懶惰到要是學長沒氣成這樣就沒有意願自己打掃，對此我終究免不了反省自己，總之，現在與其動腦不如先動手吧。

上午完成到一個段落，在這時候拍張照片寫「我現在就像這樣正在努力喔」寄給學長的話，他肯定會回信。

其實這是第一次被阿良良木學長無視，我就像這樣安撫著快要掉淚的內心，著手整理像是垃圾屋的自己房間。

在這之前先戴上工作手套。這裡盡是直接摸就會受傷的東西。

重新檢視，就覺得房內的狀況好慘。

就像是猿猴跑來肆虐過。

明明什麼都沒動，卻聽到「咕喳……」這個代表凌亂的擬聲詞。看不見地板是理所當然，以原本樣貌筆直樹立的物體連一個都沒有。我在運動社團鍛鍊過所以還好，不過房間的這種慘狀，原本不是手無縛雞之力的女生應付得來的……

總之，我準備了一百個七十公升的垃圾袋，不過它們大概還要一段時間才能上場……首先得將這些以絕妙平衡堆疊的大量物品分類才行。

阿良良木學長也經常苦口婆心地勸我。我的房間算是比較大的，不過東西卻多到遠遠凌駕於地板面積……

我的東西很多。多到不行。

奇怪，為了今天的打掃，我買了許多收納箱做準備，不過現在占據許多空間的正是這些收納箱……我需要收納這些收納箱的收納箱。

不提收納箱，周邊的紙箱與保麗龍，完全只是垃圾……總之，先把東西全搬到隔壁房間嗎？

我原本這麼想，但隔壁房間也已經堆滿垃圾。那麼隔壁的隔壁怎麼樣？如此心想的我過去一看，同樣是沒臉自稱房間的慘狀。廢棄物多到令我有股縱火的衝動。

只是，雖然乍看是廢棄物，不過戰戰兢兢逐一拿起每個構成要素端詳，就會覺得「不過還能用吧」或是「這東西，我當時買的時候很想要吧」，必要性增加不少。

需要的東西加起來變成一堆不需要的東西，這是哪門子的邏輯？

照這樣看來，哪可能一個上午就完成到一個段落？我覺得就算用掉整個暑假都做不到。就算沒打掃，我也沒那麼困擾，唸書只要去學校或圖書館就好，要是沒空間睡覺，去戰場原學姊家過夜就好……「不打掃也沒關係的理由」擠滿我的腦袋囂張嬉鬧。

畢竟打掃的時候受重傷就麻煩了，而且既然有空打掃不如鍛鍊身體，期許自己在升上大學之後重回籃球社比較實際……我想到這個相當有效的正當理由，這份誘惑也很強，但我還是在最後關頭把持住了，因為我在尋求和阿良良木學長和好的契機。

這是希望。

或許也可以說是賭氣。

……只不過，想到時間上的限制，我無法將需要與不需要的物品一一分類，要是沒以斷然扔掉所有東西的氣魄來進行，我根本看不見終點與地板。

必須放棄我對所有物品的所有權。

什麼回收或是送人，我光說就想睡。

總之，全部捨棄。

捨棄捨棄捨棄捨棄。

捨棄的一百次方。

雖然也覺得可惜，不過算了。

想要的時候再買就好。

活絡經濟吧。

現在捨棄就明顯再也無法取得的東西還滿多的，不過，既然一直埋在垃圾山裡，這個狀態應該等同於不曾擁有吧。

即使如此，還是只有垃圾分類非做不可……但這個地區的垃圾分類很寬鬆，這部分應該視為一種救贖吧……對於環境造成的影響，我有點不安就是了。

就這樣，我捨身進行捨棄的工作。

003

該說正如預料嗎？我幾乎是這輩子第一次獨自挑戰的打掃工作，一反我堅定的決心，遲遲沒什麼進度。拿到任何東西全部丟掉，這種自暴自棄，就某方面來說可以專注進行的這個作戰，還算是適合我這種人的個性，即使如此，我還是難免不時停手。

當我挖掘出要是捨棄終究真的會影響到生活的東西，這時候必須進行危險邊緣的判斷，此外還會挖掘出不知道用來打開什麼東西的不明鑰匙，看起來像是某種機械零件的物體，或是到頭來別說需不需要，甚至不知道有何用途，不確定能否以我的一己之見處理掉的不明物體。我的心境就像是非得辨別普通石頭與化石的考古學家。這種物體我都暫時放在旁邊，結果很快就堆滿各種物體，打掃一陣子之後，我覺得房間比我開始打掃之前還要散亂。

回過神來，本應做到一個段落的上午完全結束，這種等級的成果，要是拍照寄給阿良良木學長，他將會擔心到飛奔過來。這就某方面來說也算是完成目的，但終究太不長進了。

如果有空吃午飯，不如盡可能多確保一平方公尺的地板空間，總之我抱著這個心態，全神貫注埋首打掃，不過我再度發現難以判斷是否該捨棄，不曾用過的物品。

不對，雖然不曾用過，但我曾經看過。

那是——

看來，那是左手的木乃伊。

「……咦？」

這是我今天最吃驚的一刻。

左手的木乃伊？手腕到手掌的木乃伊？

人類的……不對，猿猴的左手。猴掌。

喂，等一下，很奇怪吧？

「這個」不可能在這種地方。

因為，那個惡魔，惡魔大人沼地蠟花蒐集的雨魔木乃伊，肯定已經悉數收進那個幼女吸血鬼的肚子裡了。

「哎呀哎呀，難道是吃剩的？」

「唔哇，嚇我一跳！」

我提心吊膽拿起這個左手木乃伊一部分的同時，背後傳來這個聲音，我放聲尖叫，沒抓穩的左手木乃伊被我扔了出去。

以意外形式「重逢」的木乃伊，再度混入垃圾山找不到，雖然這也是一大問題，不過在這之前，我得先轉過身去，應付剛才說話的人。

「喂，慢著！這樣很奇怪吧？扇學弟，你為什麼在這裡？」

「哈哈！居然說這樣很奇怪，您說得真奇怪耶。駿河學姊，我所在的場所，一般來說都是您的身邊喔。」

對於我的詢問，扇學弟一如往常（一如往常吧？）悠然回應。忍野扇學弟。即使面對我的激動情緒，即使面對垃圾山也毫不畏懼，從他容易令人誤認為女生的文靜外型，無法想像他擁有這麼大的膽子。

這麼說來，我第一次看見他穿便服……

他在暑假穿著漆黑的長袖上衣，卻完全沒有悶熱感，反倒有種涼意……應該說甚至有股寒意。

這孩子連襪子都是黑的？

「當然是駿河學姊叫我，我才會過來啊。您說要整理房間，無論如何都希望扇學弟幫忙，我就這樣趕來了。」

「是……是嗎……？」

我確實曾經鼓起幹勁，想要獨自打掃悲慘的臥室……不過，我也認為扇學弟沒理由編這種漏洞百出的謊，所以他說的肯定沒錯，只是我不記得吧。

「這就是我的錯了，沒去迎接你。話說以現在的慘狀，我也暫時沒辦法端茶招待。」

「哈哈！沒關係喔，因為我是駿河學姊的忠實學弟。我反倒從這種慘狀感受到駿河學姊身為常人的一面，因而愈來愈喜歡您。」

扇學弟笑咪咪地說得好肉麻。聽他這麼說，哎，我並不是不開心，但總覺得這孩子有種不能照單全收的詭異性質……

只是既然他來幫忙，我也不能抱怨什麼。

「不過，東西這麼多，問題終究滿大的。這樣散亂過頭了吧？」

「你說散亂過頭就說得太重了，希望你說這是點綴過頭。」

「這種用詞漂亮多了，不過比起這個，還是請您將房間打理得漂亮一點吧。據說東西多代表自卑，因為對自己沒自信，才試著以大量的私人物品填補空空如也的心。」

「你說誰的心空空如也？」

我嘴裡這麼吐槽，卻也覺得這個指摘意外犀利。這個學弟在這種地方不能大意。

「房間散亂的人，大多是喜歡散亂房間的人。是喜歡抱著回憶物品不放，喜歡儲存自己人生記錄的人。」

「喜歡……」

換個說法，捨棄或是收拾物品，會覺得像是反映自己的人生多麼沒有意義，所以會感受到切身之痛……是這麼回事嗎？對私人物品投入情感，若是承認這些東西沒有意義與價值，等同於承認自己沒有意義與價值。」

聽他這麼說，就覺得我或許有這種傾向。我是會把所有東西積存起來的人。包括所有東西，也包括所有壓力。

積存到極限，然後炸裂。

「別想太多，這只是世間論點喔。畢竟某些東西無論如何都難以捨棄的。比方說這本大頭貼。這是您和社團學妹製作的收藏冊嗎？」

「不是收藏冊。她們央求我一起拍，久而久之就累積這麼多……大頭貼拍一次大概五百圓，因為非常便宜，所以一下子就就拍了好多。」

「哈哈！這樣啊，非常便宜嗎？這句話真想講給某人聽耶。」

「某人？」

「沒事沒事。總之，先前展開的第一話陰溼得令那一位懷疑自己看錯，簡直是必須修改文字才能出版的等級，所以接下來請容在下小弟不才我努力為各位帶來歡樂吧。因為關於她的事件，我感受到不少的責任。」

扇學弟說得莫名其妙。

「那麼，事不宜遲，請容我幫忙洗衣服吧。有幸能為駿河學姊洗內衣，是我承擔不起的榮譽。」

「我不可能讓你洗吧？」

「哎呀哎呀，對於和我的衣服一起洗感到抗拒嗎？果然是青春期耶。」

「為什麼你連自己的衣服都想洗？你想住下來嗎？回去啦！」

可以的話，現在立刻回去。

現在不是講這種事的時候。

「如果要幫忙，剛才因為你突然從背後叫我，害我扔到垃圾深處的那個木乃伊，你可以幫我找嗎？」

關於猴掌木乃伊的事件，包括去年的分與今年的分，記得扇學弟都知道了，所以省略這部分的說明肯定沒問題。他知道吧？畢竟剛才都說「吃剩」了？

老實說，我不記得對他說過木乃伊的最後下場，哎，既然他知道，那就肯定是我說的。

不過實際上，我認為「吃剩」這個說法很難成立。畢竟那個吸血鬼是食慾旺盛程度首屈一指的小朋友，我不認為她會看漏。

那麼，是我看錯？

難道是比較大的模型部位，被我誤認為木乃伊嗎……我不記得買過木乃伊的模型，不過以我的作風，買過什麼東西都不奇怪。

還是說，雖然不太願意這麼想，不過難道是當成「點心」放在盤子之前的那次大掃除（當然不是我，而是阿良良木學長幫我大掃除那時候），不小心混進來的……？

若是如此，那我的粗心大意真不是蓋的。

「哈哈！既然沒吃剩，那麼駿河學姊，是不是有什麼眷戀呢？」

「眷戀？」

眷戀？

「幫您找就好吧？沒問題喔，小事一樁。哈哈！令我想起之前在廢村進行田野工作的往事耶。」

扇學弟將我的房間譬喻為比廢墟還不如的廢村，同時也毫不畏縮，身手矯健地爬進深處。現在還幾乎看不見地板，也沒有確保動線，不過和這種事無關，他毫不留情踩亂各種東西，大步進入深處。

不會猶豫是否踩到東西。

我想，打掃大概就是需要那種膽量吧……明知之後就要捨棄，我卻遲遲不敢踩地板以外的場所，這麼想就覺得扇學弟確實是可靠的援軍。

「扇學弟，小心點啊。因為可能有尖銳的東西。」

「放心，我比較尖銳。」

他幽默地如此回答，同時推開擋住去路的神祕沙發（響起某種東西啪嘰啪嘰的不祥輾壓聲），此外也進行各種破壞，抵達房間的最深處。

看他長得那麼乖巧，但他不只是踩踏，還真的是毫不猶豫就破壞物品的學弟……實際上，他是個相當尖銳危險的破壞狂。

像那樣到處破壞，之後要捨棄的時候反倒樂得輕鬆，只是他身為專家忍野咩咩先生的侄子，卻應該不太適合進行重視現場完好程度的田野工作吧……他的危險作風可能會將廢村進一步逼到毀滅。

「喔喲，這是？」

扇學弟停下腳步，發出這種裝模作樣的聲音。我有種不好的預感。這是他捉弄學姊時的亢奮語氣。

「怎麼了，扇學弟？光是發現ＢＬ小說，我可不會畏縮喔。」

「說到ＢＬ小說，我在走進來的過程就已經發現了。而且是很猥褻的那種。《鬼畜加魯孫系列》是什麼啊？『小心我連你的骨頭都啃乾淨喔，鬼畜加魯孫』是怎樣？想怎麼啃都請隨便您吧。我要說的不是這個。」

扇學弟一口氣踢垮身旁的山。即使對象是垃圾山，這一腳也太不留情了。甚至感覺瀟灑脫。

阿良良木學長來幫我打掃的時候也是這樣，果然因為是別人的東西，才能像那樣毫不猶豫對待吧……只不過，這一腳使得視野變得開闊。

終於……應該說至今從走廊完全看不見，被垃圾遮掩至今的隔扇見光了。

而且，左手的木乃伊插在隔扇上。

「哎呀呀……」

「哎呀呀……」

事情可沒有「哎呀呀」這麼簡單。

如果是彷彿沉澱般累積，已經決定要扔掉的垃圾山，無論要踩踏還是破壞，極端來說只是順序問題，所以我可以說毫不在意，但要是傷到房間本身，終究超過我能定奪的範圍。

東西堆積成這樣，我原本推測榻榻米或牆壁應該也弄得很髒，卻沒想到還弄破隔扇……

「啊～～啊，都是因為駿河學姊把手扔出去，畫著氣派日式繪畫的漂亮隔扇才會破掉的。」

「別……別講得像是我的錯啦。是因為你突然從背後叫我吧？」

「哎呀哎呀，要推到學弟身上嗎？您打籃球被抄球的時候，會講『因為對方技術高超，嚇了我一跳』這種藉口嗎？」

「唔……」

這段回答令我語塞，不過仔細想想，他這番話很奇怪。照他這麼說，那他就變成像是故意嚇我……不過或許是故意的。

與其說「或許」，不如說這男生真的神祕兮兮。

總之可以確定一件事，久違看見的隔扇繪畫正中央破損了。在這個狀況，不應該在這裡的猴掌木乃伊肯定比較重要，不過「我破壞了屋子」這個實際上的大事，在我內心占了較大的比重。

這就是世間常說的「比起世界某處正在發生的戰爭，自己的蛀牙比較重要」嗎……嗯，關於我把房間弄髒，爺爺奶奶傾向於已經死心不計較，不過要是弄破隔扇，我終究得面臨不同等級的說教吧。

可不是幼童拿蠟筆塗鴉那麼簡單。

「這隔扇看起來很貴耶。該不會是國寶等級，擁有歷史性的價值吧？依照我的鑑定，這在古時候是可以當成嫁妝的等級喔。」

「用不著發揮鑑定的眼光啦。唉……這下子怎麼辦？」

「總之先填飽肚子吧？我買了麥麩麵包過來喔。」

「不要買這種讓我覺得像是預謀犯罪的低熱量麵包過來好嗎？真要說的話，總之你先抽出那隻手過來吧。」（註2）

「好，收到。至今未曾違抗駿河學姊吩咐的我，今天也遵從您的命令吧。」

只在行動上表現得忠心耿耿的學弟，依照我的吩咐，大膽地抓住木乃伊，以一點都不小心的豪邁動作，將插在隔扇上，看起來像是從隔扇長出來的手掌抽出來。

隔扇的破洞似乎因為這一抽變得更大，總之這也沒辦法了。

「哎呀哎呀？這是什麼？」

扇學弟歪過腦袋。軟綿綿地歪過腦袋。

坦白說，這個動作挺噁心的，但我也可以理解他為何這麼做。

註2　日文「隔扇」與「麩」音同。

因為，從隔扇內側抽出來的木乃伊手掌，握得緊緊的。
剛才看見時明明張開手心的手，用力握著看似藏在隔扇內側的一封信。

004

攪拌腦漿蓄起頭髮吧。
掛上臉皮固定喉嚨吧。
組合口鼻收集眼耳吧。
增加牙齒繫緊舌頭吧。
徵求尖角累積指甲吧。
揉捏肌肉束起骨架吧。
重疊皮膚綁上血管吧。
組裝手臂收納雙腳吧。
集中胸部占據腹部吧。
儲存腰部徵求尖角吧。
招引手肘呼喚膝蓋吧。

採集指紋獵捕聲音吧。
汲取淚水統管腳踝吧。
抓住胃袋挖掘腸子吧。
捆綁心臟湊齊肺葉吧。
奪走生命掏挖靈魂吧。

005

看見別人的時候，不會一一想像對方的內臟長什麼樣子，同樣的，我很少想像隔扇居然有「內側」。何況內側還藏著一封信，我完全沒想過這種事。

木乃伊的手，抓住了這封信。

總覺得像是衣櫃裡的殺人魔、床底下的斧頭男之類的，講得誇張一點就是這麼毛骨悚然。若要誇大其詞，就像是房間隔扇連結到異空間般恐怖。

何況這封信的內容是完全不知所云，卻令人感受到非凡魄力的神祕文章，那就更不用說了。

如果我對這個筆跡沒印象，我可能會當場撕爛這封信。

就是這麼令人發毛。

「對筆跡有印象？喔喔，您說得真是耐人尋味耶。啊啊，難道說是駿河學姊您自己的手跡？國中時代寫下的私密詩句嗎？作品不小心從縫隙鑽進隔扇？」

「我沒寫過什麼私密詩句……你把我當成什麼人了？」

我當時是超熱血的運動健將喔。

沒空磨練自己的感性。

……應該說，如果國中生寫出這種內容的詩句，還是認真擔心一點比較好。

「不過，不讓人擔心的國中生，在這個世界不存在。」

扇學弟講得酸溜溜，應該說講得有點諷刺，從我手中抽走那封問題信件。結果，我手上只留下木乃伊的手掌。

這麼一來，相較於突然發現的神祕信件，木乃伊的手掌真像是模型的元件。

「與其說看起來成謎……不如說這封信本身就是一個謎。」

「嗯？什麼意思？」

「沒有啦，畢竟使用的紙張似乎相當古老，墨水的褪色程度也看得出年代頗為久遠……從受損程度來看，可以推測這不只是在駿河學姊的國中時代，甚至是您出生之前寫下的。」

嗯。他講得好像專家。

關於這方面，雖然還是業餘，但他應該發揮了忍野咩咩侄子的天分吧。

我只覺得這張紙很髒，上面的文字難以閱讀。

內容難以閱讀，而且辛苦解讀之後，發現洋溢著非比尋常的噁心氣息，所以老實說，我的感想是被騙了。

只不過，很像是「那個人」會寫的東西。

這件事，即使扇學弟擁有名偵探的推理能力也不可能知道，大概只有我知道吧……嗯，如果是「那個人」，寫下這種像是惡整的詭異詩句也不奇怪。

這麼一來，左手的木乃伊從隔扇裡抓出這篇詩句，意義就特別深遠了。扇學弟剛才說「從縫隙鑽進隔扇」這種話，但我很難這麼認為。

一般來說，隔扇沒有縫隙。

如果有，先不提我，阿良良木學長在至今前來打掃的時候肯定會發現。再怎麼說，我無法想像那位有潔癖的學長沒發現隔扇的瑕疵。

「嗯。這麼一來，就得認定是刻意藏在裡面的。將情人寫的信藏在隔扇裡，藉以隨時感覺情人就在身旁的公主大人，這種故事我還滿常聽到的……所以是類似的情形嗎？」

「如果是情書就別有韻味……不過想到我平常起居的房間，設置一張藏著這種詛咒信件的隔扇，我就有點發毛。」

「想到我尊敬的學姊平常在這種凌亂的房間起居，身為學弟的我才發毛。要是地震來了怎麼辦？」

他像這樣從正面擔心我，我無話可說。明明剛才說感受到我的人性，現在卻說出「發毛」這種真心話？不過，確實如此。愛書人經常說「若能被書本壓死是得償所望」，但如果是被BL小說壓死，爺爺奶奶也不知道該怎麼為我哀悼吧。

「還有，駿河學姊，隔扇的單位是『領』。」

「『領』……慢著，扇學弟，你展露自己博學多聞，我很佩服，不過隔扇的單位用『張』就行吧？」

「可是，畢竟隔扇是成組的，可以的話，還是希望可以使用傳統用字。駿河學姊剛才說『房間設置一張隔扇』，不過裡面藏信件的隔扇，不一定只有這一張吧？或許其他隔扇也有別的信。」

先不提單位的用字，他的指摘本身中肯至極。沒理由斷定信只有這一封。

拉門裡面沒辦法藏東西……那麼包括壁櫥和頂櫃，我的房間大大小小共有八張隔扇。雖然幾乎都還被垃圾山擋住，無法視認現狀……不過就算看得見，也不可能透視裡面有什麼東西。

就算這麼說，我也不可能為了確認裡面是否有信件而弄破所有隔扇……回溯記憶，每張隔扇肯定各自畫有看起來很值錢的高雅繪畫。

如果是本次這樣的意外就算了，故意毀損隔扇的行為不在考慮範圍。而且將會永無止境。

檢查過所有隔扇，無論是否獲得結果，接下來應該也會在意其他房間隔扇裡有沒有東西吧。神原家是日式住家，要清查整個家裡的隔扇會沒完沒了。

「嗯，應該不是可以貿然損毀的東西吧。如果可以進行非破壞性的檢查是最好的，不過光是拿到戶外透光，應該看不見裡面的東西。抱歉我派不上用場，要是我擁有透視能力就好了。」

「不，哎，你為這種事情道歉也沒用。」

「啊，不過，說不定我的透視能力已經覺醒，只是我沒自覺。來試試看吧。駿河學姊，您今天的胸罩是粉白條紋嗎？」

「不，今天是土耳其藍……慢著，你怎麼巧妙想打聽學姊內衣的顏色啊？」

搞不懂學弟認真到哪個程度，我傻眼如此回應，接著他說「哈哈！哎，其他隔扇的內容物就暫時放在一旁吧」輕聲一笑。

「總之，再稍微深入研究一下這封信吧。這麼一來，應該可以因此看見某些光景。所以，駿河學姊，關於這封信的筆跡，您心裡有底吧？」

「…………」

哎，這也不是什麼祕密。而且從扇學弟的詢問方式來看，他好像也猜到了。

真是的，這孩子究竟掌握什麼東西到什麼程度？包括隔扇的單位在內，我偶爾覺得他或許像是羽川學姊那樣無所不知。

「我一無所知喔，知道的是您才對，駿河學姊。」

在漆黑如深淵的雙眸催促之下，我不情不願，盡可能壓抑情感回答。

「神原遠江——舊姓臥煙遠江。寫這封信的人，是我的母親。」

006

雖說是「舊姓」，但我不確定那個人是否真的和神原家的長子登記入籍。遭受到周圍人們——尤其是神原家反對結婚的父母，幾乎等於是私奔般流亡到九州深處，而且在該處出車禍死亡，我這個被留下來的獨生女，後來由神原家收養。

這方面的情報，我幾乎只從神原家族單方面取得，所以說到該怎麼理解這個事件，我還沒有完全整理好。先前遇見的那個騙徒也是，他提供的情報究竟有幾成是真的，我採取懷疑的態度。

畢竟他是騙徒。

所以，我盡量對此不表達意見。唯一確定的只有一件事，我的母親——也就是臥煙遠江，無論是現在還是以前，無論是生前還是死後，都一直被神原家族厭惡，未曾原諒過。

「哈哈！總之，我想也是吧。勾引家族下一代的繼承人，帶他離開食古不化的家族制度，最後在逃亡地點像是殉情般一起上路，難免被人恨到骨子裡。」

扇學弟說到「勾引」、「像是殉情」或「一起上路」，這種看法相當偏頗，不過，像他這樣毫不客氣評論，我反而覺得痛快。比起莫名顧慮，避免深入話題的貼心說法好得多。

「嗯？也就是說，現在的繼承人是駿河學姊嗎？那麼，如果我將來成為夫婿入贅神原家，也可能會由我肩負這個重責大任……」

「不會。」

我以短短兩個字簡潔否定。

扇學弟，你太深入了。

拜託別這樣。

「嗯。不過，這麼一來，事情又變得奇怪了。如果駿河學姊的母親是寫信的人，先不提位置是在隔扇裡，神原家有她寫的信也不奇怪……我一瞬間差點這樣接受，不過如果有這段隱情，伯母應該被神原家封殺了。」

「居然說封殺……別講得像是副音軌封殺好嗎？」

我一邊以內行人才懂的用語吐槽，一邊轉動手上的手掌——轉動我手掌所握的猴掌。

這個木乃伊也是那個人——臥煙遠江遺留的東西。

像這樣再度見到本應處理掉的木乃伊，我對此感到愕然，不過另一方面，想到這是臥煙遠江的遺產，我就不經意認為這件事也沒那麼奇怪。

雖然扇學弟一臉疑惑，不過即使她禁止進入的住家裡有她寫的信，對我來說也沒什麼突兀感。這條猴掌抓住藏在隔扇裡的信也算不了什麼……

「嗯……青少女對母親的想法，我這個男生不甚理解，無從捉摸。不過這也可以套用在戰場原學姊和羽川學姊身上就是了。」

「……剛才你提到嫁妝，不過在關係還沒惡化到底的時候，我母親並不是不可能送整套隔扇給神原家。」

「原來如此原來如此。這麼一來，就會令人質疑這種隔扇是否會被神原家採用……不過，物品本身並沒有罪過。」

說來頭痛，我無法在這時候斷言母親也沒有罪過。物品之所以沒有罪過，原本或許是因為價值太好，所以不能破壞或捨棄，屬於「打掃」時的苦衷。

不過，如今被我這個女兒破壞了……

「如果只看『巧妙隱藏的信』這個部分，很像是埃德加·愛倫·坡的短篇小說

《失竊的信》……不過，從信件內容的難解程度來看，真要說的話比較像是《金甲蟲》？」

感覺他講得很專業。

我也自負算是讀過很多書的高中生，不過推理作品是我的弱項，所以聽不懂他在說什麼……但我好歹聽過愛德華‧愛倫‧坡這個人名。記得是日本推理作家江戶川亂步的筆名由來？

「不只是筆名由來，創立推理小說這個體系的就是坡大師喔。如果沒有他，就沒有現代的推理場面。」

「是喔……」

就算他這麼說，我也一頭霧水。

總之，扇學弟的意思是說，這封信的內文像是密文？我雖然沒讀過，但是《金甲蟲》肯定是這種小說沒錯。

只是，我不知道母親為什麼將密文藏在隔扇。不過若要這麼說，我對那個人根本一無所知就是了。

「好了好了，不過肯定具備某種意義喔。因為那個人不會做沒意義的事。」

「你為什麼談論起我母親啊？我對此只要吐個槽就能了事吧？」

「總之，褐化到像是牛皮紙的這封信所寫的內容，我們要不要實踐看看？駿河學姊，請稍微把胸部集中一下。」

「知道了，胸部是吧，這樣嗎？慢著，怎麼可能啊！」

不准讓學姊自我吐槽！內文那麼多句，為什麼挑那一句？

這學弟一臉正經，卻隨口就是情色發言。

不過，若要說學姊不正學弟歪，那也沒錯。

「不然的話，我不介意您接下來繃緊腹部。」

「不准對女生的腹肌感興趣！」

而且原文不是「繃緊」，是同音的「占據」才對。

就算這麼說，如果他提出「攪拌腦漿」或「增加牙齒」這種要求，我也不知道該如何反應……至於「奪走生命掏挖靈魂」就已經不知所云了。

我只覺得，這果然只是在條列恐怖的字句吧……只是網羅人體各個部位，分別進行毛骨悚然的描寫……

「不不不，沒有網羅喔。某些部位沒提到吧？即使將這些部位全部蒐集齊全並且組裝，也組不出人體。雖然顯眼的部位都條列出來，但還是漏掉很多。」

「嗯，總之，好像是這樣吧……」

嗯？

部位？蒐集？我好像在哪裡聽過……

我低頭看向手邊。

木乃伊。左手的木乃伊。猿猴的一部分。部位。

蒐集家——沼地蠟花。

「…………」

「哎呀？哎呀哎呀？哎呀哎呀哎呀哎呀？駿河學姊，看您突然不說話，怎麼啦，如果想到什麼，請諮詢我一下啦。我最喜歡接受別人諮詢了。」

「不……扇學弟，剛才的，那個，你提到推理小說……」

「是的。《金甲蟲》嗎？」

「出現在那部小說的密文，是暗示什麼的暗號？既然是推理小說，果然是在暗示凶手的姓名嗎？」

「不，不是喔。《金甲蟲》也是一部冒險小說，所以暗示的是基德船長的藏寶地點。嗯？換句話說，伯母或許將財產遺留在某處，這封信在暗示藏寶地點？您這麼認為嗎？」

對於扇學弟的詢問，我身為那個人的女兒，究竟該怎麼回應才對？我沒能立刻知道答案。沒錯，要說財產確實是財產，要說財寶確實是財寶吧。

這是臥煙遠江留下的遺產。

不過，即使是遺產，卻也是負面遺產。

任何願望都能實現，但只限三個願望。

如果這封信的內容是密文，是暗示至今沒被發現的猿猴木乃伊剩餘部位藏在何處，那麼……

007

「喔喔～～說到《猴掌》就是雅各布斯了。坡大師也有著恐怖小說泰斗的另一面，這部分串連起來思考或許比較好。」

扇學弟即使聽到我的假設，也毫無危機意識講出這種話。又是推理小說的創立者，又有冒險小說家的另一面，又是恐怖小說的泰斗，總覺得埃德加·愛倫·坡是個非常多才多藝的小說作家。

只不過，大概也是因為以前還沒有進行各種定義或分類，因此可以自由寫作吧。在現代，又是科幻又是奇幻又是輕小說，領土爭奪戰相當激烈，所以要在各類型都吃得開應該很難。

任何小說都允許各種不同的解讀方式——即使是這樣的主張，在這種時代也頗為空泛。

在這樣的狀況下，真希望密文的解讀方式只有一種。但如果我的直覺沒錯，那就不能講這種話了。

我甚至希望有人當下否定，說我這樣是牽強的解釋，不過說到唯命是從的扇學弟，他回應「哎，畢竟是木乃伊的手抓到的，推測這是暗示木乃伊位置的密文也不太突兀吧」，很乾脆地投下贊成票。

雖然不想對忠心的學弟講這種話，不過這傢伙把我寵壞了……我得好好自律才行。

「話是這麼說，也不是直接解讀信件內文就好吧。畢竟部位果然沒網羅，木乃伊也沒有腦漿或肌肉。」

嗯。

不只是缺乏，而且也太多了……

只是，如果採用這種觀點，那麼「收集」、「儲存」或「汲取」這種像是催促蒐集的動詞散見於內文各處，這是可以確定的。

這反而才是重點嗎……？

「姑且複習一下以防萬一吧。駿河學姊，當時讓蘿莉奴隸吸血鬼吃掉的猿猴木乃伊部位，究竟有多少分量？」

「我想想……」

總之，把這條左手掌也加進來思考……不，沼地那傢伙當時蒐集的部位，大概是一半多一點。此外，還有騙徒私藏的頭部木乃伊。

想到幾乎都是沼地一個人蒐集到的，就覺得不愧是惡魔大人，但即使分量很多，還是不到猿猴全身的分。

下落不明的木乃伊部位，不負責任又毫無防備地分散在全國各處。

「或許即使是現在，也在某處實現某人的可憐願望嗎……希望自己變得幸福的自私願望。」

扇學弟說得挺愉快的。雖然他態度輕率，不過曾經許下自私願望的我，沒資格對他說教。

我抱持這種羞愧的想法，保持沉默。

「哎，這麼一來，這封信從字面看來就幾乎沒意義了。」

扇學弟繼續這麼說。

嗯？什麼？沒意義？

我投以疑惑的目光，他隨即說下去。

「因為，先不提這封信是基於什麼意圖藏在隔扇裡，這篇密文相當古老，確實是駿河學姊出生之前寫下的。很難想像所有部位就這麼放在原本的場所。」

他說得沒錯。

比方說，這幾年被沼地蒐集的部位，就已經不在上面所寫的場所……如同尋寶時一定得背負「寶藏已經被發現」的風險。

密文恐怕是將近二十年前寫下的，考量到時代性，自然會認為木乃伊已經散失到各地。扇學弟說得沒錯，很難想像所有部位就這麼放在原本的場所。

只是同樣的，也很難想像所有部位都散失。目前沒有任何根據，能夠否定某部位已經不在密文所寫的場所。

「幾乎沒意義」這句話說得太重了。

「哎呀哎呀，駿河學姊，您該不會開始想要解讀密文，動身蒐集木乃伊了？這可不行喔，我無法苟同喔。上次您不是才說自己不會步上沼地小姐的後塵成為收藏家嗎？」

「我確實說過……但我不確定有沒有對你說過。」

哎，既然他知道，那我應該說過。

扇學弟像是把握這個機會，進一步講得像是在勸誡學姊。

「駿河學姊，您不是還要做很多別的事情嗎？打掃房間、唸書考大學，鍛鍊身體在考上大學之後復出，應該是最重要的吧。明明是這樣，就算現在是暑假，您卻想要外出採集昆蟲……更正，採集木乃伊，簡直是大傻瓜。」

「大……大傻瓜……」

「大愚若智喔。真愚蠢耶。經常聽到考生討厭唸書，為了逃避現實而開始打掃房間，卻因為討厭打掃房間而出去玩的考生，我可是很少聽到，而且這樣也太不用功了。」

扇學弟乘勝追擊般說。

這學弟令我火大到好想揍下去，不過，他說的很中肯。我沒空做這種事。也沒空揍學弟。

我不想繼承沼地身為「惡魔大人」的行為，更不會認為幫母親臥煙遠江收拾爛攤子是身為女兒的職責，我對木乃伊的情感，並不會讓我這樣想不開。

我當然無法忘記，也不想忘記，不過，我已經決定邁向未來，將那一切當成已經結束的往事。不能回頭看向這些過去的遺產，這些負面的遺產。

……只是，當這幅光景實際浮現在伸手可及的場所，我也不能完全當作沒看到。坦白說，我還沒完全放下到這種程度。

「不不不，沒關係嗎？這種東西就撕爛扔掉吧。這正是您的心結吧？就是因為積存這種東西，才會累積不好的氣，產生我這樣的闇喔。」

「『我這樣的闇』？」

「沒事。」

看來沒事。

「好啦，忙碌至極的駿河學姊，繼續打掃吧。放心，即使全國各處都有人許下自私的心願，因而被猴掌打落不幸的深淵，也和您一點關係都沒有。即使一個不小心，不只是許願的人，連周圍無辜的人都隨機遭殃，您也完全不須理會。或許只要您有心就能事先防止悲劇，就算這麼說，您為什麼非得動不動就進行這種大義滅親的善行？就是這麼回事。沒關係，您這種自我中心的態度，即使再怎麼受到阿良良木學長的輕蔑，也只有我一定會站在您這一邊。」

「……大義滅親嗎？」

我不禁苦笑。

滅親。

這兩個字或許意外地一針見血。

008

哎，反正密文就在眼前，即使試著解讀，也不會釀出什麼大禍。如此心想的我，總之先將母親留下的這封信研究一遍。

這封信就這麼沒被任何人發現而流傳到後世的可能性應該比較高，卻基於奇蹟般的機率，在奇蹟般的時間點曝光，如果就只是撕爛扔掉就不太識相了。所以來解讀密文吧。

「咦～～要研究嗎？意外啊意外。比起世界某處的某人因為自作自受導致人生走樣，駿河學姊將房間打掃乾淨舒適度日明明重要得多啊？」

扇學弟依然死纏爛打不肯罷休，不過管他的。話說，我總覺得最大的奇蹟都在這個學弟面前發生了。

如果沒有他，我發現的神祕木乃伊也會當成沒看見，事情就此結束……感覺都是他在扇風點火。因為他的名字是「扇」。

「那我們就靜下心來好好思考吧。我可以坐嗎？」

「嗯？啊啊，我不在意。你就在那邊自己騰出空間吧。」

「不，我的意思是說能不能坐駿河學姊腿上。」

「我很在意。」

扇學弟意外認真地說聲「這樣啊～～」像是很遺憾般垂頭喪氣，把腳邊的物品踢開，騰出坐下的空間。

我也學他這麼做。不過終究是用手，不是用腳。

「東西果然要再少一點比較好喔。都是因為這麼散亂，駿河學姊才會這麼晚發現這封信，即使我這麼說也不微過喔。」

「但我認為再怎麼擅長打掃，也沒辦法發現隔扇裡的信……不，如果說這是自卑的反向表現應該沒錯，我基本上果然很重感情，不擅長捨棄物品。」

「正因為重感情，所以在戰場原學姊國中時代的交友圈，您是唯一持續交流沒斷絕聯繫的人，所以也算是有好有壞吧。我覺得要思考的不是如何捨棄物品，而是如何製作空間。」

「製作空間……真是至理名言。」

「是的。要成為空間製作者。」

「那……那是誰？」

「一里塚木之實小姐喔。」

扇學弟一邊展露冷門知識，一邊在露出的榻榻米上正坐。

這傢伙只有禮儀得體……

不講話的時候做足表面工夫，這種個性令人不敢領教。

從無奈變得佩服的我，則是放鬆雙腿隨便坐。不是因為討厭腳麻，而是沒能騰出足夠正坐的空間。

到頭來，雖說隨便坐卻也絕對不輕鬆，我的坐姿像是貼進拼圖的碎片。感覺像是在做稍微高階的伸展操。

「話說，解讀密文有各種方法，以這個狀況，不知道哪種方法比較合適。駿河學姊覺得呢？」

「就算你這麼問……」

我沒有推理小說的素養，所以不方便說些什麼。我甚至不知道解讀密文有各種方法。

這種東西有建立成體系嗎？

「總之，雖然剛才也提到，不過這種內容，不能就這麼按照字面上的意思去實行吧……」

雖然是寫成命令形的文章，不過這種命令無從照做。上頭大部分的行為，要是付諸執行，將會成為大量殺人案件的凶手。

「不，可是駿河學姊，可以實行的命令還是有喔。例如您看，這裡寫到『集中胸部』。」

「知道了。集中胸部是吧，這樣嗎？慢著，所以說這剛才做過了吧！」

「沒想到您居然願意做兩次……服務觀眾的精神真旺盛耶。早知道選擇『重疊皮膚』比較好。我真是清心寡慾。」

扇學弟悠哉這麼說（悠哉說出驚人之語），把信拿到臉前面，以不到一公分的距離定睛凝視。靠得這麼近應該看不到字吧？雖然我這麼想，但他或許不是在看字。是在看紙張材質或筆壓？

「材質好像是草紙，從時代來看不算特殊。感覺是拿手邊就有的紙，用手邊就有的筆寫成的。沒裝進信封，隨便摺一摺就塞進隔扇，感覺甚至有點粗魯。」

扇學弟說出這種分析，這就是所謂的「側寫」嗎？總之，他說到「隨便」以及「粗魯」，算是頗為說中我母親臥煙遠江的個性。

「不過，要將信藏在隔扇裡，我不認為用粗魯的方式做得到……這應該是相當細膩的工作吧？」

「唔～～很難說。即使手法再仔細，將年代久遠的隔扇拆開又組裝回去的行為本身，就只能形容為褻瀆又粗暴了。」

「嗯，是這樣嗎？無論如何，破壞這枚隔扇的我們，討論粗不粗魯的問題也沒用吧。」

「真是的，隔扇不是駿河學姊一個人破壞的嗎？請不要拉我下水好嗎？」

這個學弟明明忠心耿耿，卻明確劃清界線。不，猴掌確實是我扔的，但你也稍微感到一些責任好嗎？

「好了好了，隔扇的事情就別計較了，還是先研究密文吧。」

扇學弟像是打馬虎眼般說完，視線終於從草紙信移向我。我以手上的木乃伊和他交換，接過信紙。

唔……

像這樣重新以解讀心態檢視實物，就覺得先不提密文或內文，紙張破舊加上字體模糊，所以閱讀困難……感覺動作粗魯的話會弄破信紙，碰觸的時候也提心吊膽。

總之，整理現在知道的部分吧……內文羅列人體各部位的名稱，卻沒有網羅……命令文的內容雖然涉及各種方面，但基本上都在叫人蒐集……嗎？

我以這個前提解讀，不過基於這層意義，也沒人保證這篇密文是在暗示木乃伊部位的所在處。

「駿河學姊，您繼續解讀沒關係，請聽我說。我想到一個假設了。」

「嗯？什麼假設？說來聽聽。」

「雖然羅列卻沒有網羅，這該不會是減法吧？」

「減法？這就傷腦筋了，我不擅長數理科目。」

「要是把減法說成數理科目，任何科目都沒辦法學了吧？」

扇學弟苦笑說。

哎，這是緩和場中氣氛的玩笑話。偶爾也得由我胡鬧一下。

「所以，你說的『減法』是什麼意思？」

「嗯，換句話說，我假設重點不是寫到的部位，漏寫的部位才是重點。比方說，在列舉十二生肖的時候，如果只缺了『牛』，就會猜測另外十一隻不重要，『牛』才真正具備意義對吧？就是這麼回事。」

嗯。原來如此，關鍵不在寫到的東西，在沒寫到的東西，是這種想法嗎……我想不到這種假設，不過確實有可能。

「那麼，駿河學姊，您繼續解讀沒關係，可以把屁股朝向我嗎？我想好好欣賞一下。」

「知道了。屁股朝向你就好吧？」

「然後就這麼用屁股寫我的名字。」

「知道了，就這麼用屁股寫你的名字……怎麼可能啊！」

這是怎樣，野生動物的求偶行為嗎？

「你的無理取鬧太無理了！你對學姊要求的自我吐槽太高階了吧？『我繼續解讀沒關係』是怎樣？」

「沒有啦，駿河學姊第一次的時候很配合，所以我也不得不推出第二彈吧？惡搞程度是彼此彼此喔。總之，看來和屁股無關。」

「叫學姊擺出女豹姿勢，卻得出這個結論？既然欣賞過我的屁股，給我講一點更有建設性的意見好嗎？」

「剛才的光景美妙到讓我想蓋一座瞭望台喔。不過，要說臀部包括在腰部裡也不是不行啦。從這個角度來看，或許可以說密文在廣義上網羅了所有部位。」

「這樣啊……先不提你是以什麼角度來看我的屁股，不過這麼一來，要從欠缺的部位思考應該很難吧。」

我好想抱頭。

棘手又鬼靈精的學弟，以及棘手又壞心眼的母親密文，要我同時應付兩者，我果然處理不來。到頭來，我的腦袋原本就不算好。能夠進入直江津高中，我也是相當勉強自己才考上的。

如果是羽川學姊，這種問題或許真的瞬間就解得開吧。如果是戰場原學姊，或許到頭來根本不予理會，只會要求「想講什麼就直接講清楚」。

如果是阿良良木學長……

「我不知道阿良良木學長會怎麼做，但您說大奶學姊瞬間就解得開，傷害到我的自尊了。我認定這是對我的挑釁。」

扇學弟這麼說。

嗯。

這麼說來，扇學弟對羽川學姊抱持競爭意識。他在某些部分有點過當，所以我也想勸誡他一下，不過對那位羽川學姊抱持敵意，我覺得很了不起而且自認做不到，所以不方便說他什麼。

「這種密文，我只要有心也可以瞬間解開喔。只是因為這樣很掃興，我才按部就班賣關子，並不是沒辦法抄捷徑。」

「是喔。哎，既然這樣，如果你願意抄捷徑，我會很感激的。」

我半信半疑地問。

反正只是一如往常隨便說說吧。我即使這麼想，卻也抱持著莫名的期待感，認為這個神祕兮兮的學弟知道這種密技也不奇怪。今天他會變出什麼樣的把戲給我看？

「如果你真的說中正確答案，要我用屁股寫你的名字也行喔。」

「若您真的這麼做，我會倒胃到連自己都嚇到，所以還是免了。只要您願意稱讚一句『扇學弟，你好厲害』，就足以滿足我小小的虛榮心喔。」

喔，他講得好謙虛。

反過來看，或許代表他抱持此等自信。我的心態從半信半疑變成十之八九。不過即使如此，還是無法拭去一絲不安。

「那麼……」

果然，扇學弟裝模作樣清了清喉嚨，然後以自己的左手，像是握手般抓住猿猴木乃伊的左手掌，朝天花板高舉。

「猴掌啊！請解讀這篇密文……」

「扇學弟，你好厲害！」

我稱讚這句之後，一拳揍過去。以頂級運動健將的臂力，毫不留情全力揍下去。

幸好扇學弟背後的垃圾山成為緩衝，所以看來沒受傷。

房間保持散亂也不是沒好事耶……不，就算沒受傷，也不確定他是否沒事。或許會是怪事——怪異之事。

怎……怎麼樣？剛……剛才的願望，猴掌受理了嗎？還是沒有？畢竟只講一半……我希望已經取消，不過……

「好痛，駿河學姊，您在做什麼啊？我還以為要死掉了。」

即使嘴裡不斷抱怨，扇學弟也似乎沒被打傷，很乾脆地起身。為什麼臉上掛著笑容啊？你是超級被虐狂嗎？

「扇……扇學弟，你知道自己剛才做了什麼嗎？」

「當然。我這個人是自覺症狀組成的。我只是朝著可以實現任何願望，方便的魔法物品——猴掌許下發自內心的願望。好啦，結果將會如何呢？」

「不是自覺症狀組成的，而是自滅願望組成的吧……」

雖然講過很多次，但這個學弟真恐怖。

我撿起扇學弟挨打時失手掉落的木乃伊左手。目前看起來沒有明顯的變化。

我想想……依照專家忍野咩咩的說法，這條猴掌——惡魔之手，即使號稱「可以實現任何願望」，實際上卻是只對人類負面願望起反應的物品。只會擷取正面願望背後的昏暗願望。

真要說得話是表裡兩面、表裡一體的惡魔。

……雖然這物品具備這種恐怖性質，不過既然這樣，在這種狀況，可以說是非常美妙的情報。

扇學弟別說表裡，甚至像是沒有任何心機的空洞，他許的願望即使到中途有效，惡魔想實現也無從實現吧？這個學弟嘴裡說這是「發自內心的願望」，但他是否真的擁有內心都很難說……

只不過，這也是我打響的如意算盤。

是沒有專業知識的我擅自妄想。

不昏暗卻漆黑的學弟許下這個願望，即使實現也不奇怪。

「總……總之，怎麼樣，扇學弟？腦中有沒有閃過密文的解答？」

「不，很遺憾，完全沒變化。毫無頭緒。解答依然在竹藪中。不，應該說在黑暗中。」

這樣啊……那麼，或許可以認定剛才的願望無效。不過在我那時候，我也不是剛許完願就立刻獲得回應……這部分無法輕易判斷。

封閉意識入睡的夜晚才危險。在這個時候，另一面的自己才會登場。

忍野扇的另一面嗎……

「哈哈！我真是的，居然平白浪費一個願望耶。」

「浪費的或許是人生喔……你這個學弟真搖滾。」

這下子怎麼辦？這件事最好找阿良良木學長討論嗎？

藉這個機會試著和阿良良木學長和好，我覺得也是一個好點子，但我還是有著身為學妹的志氣。

要是遇到困難的時候總是找阿良良木學長救我，我永遠無法成長。人無法拯救別人。

人只能自己救自己。

「哈哈！這是叔叔的招牌台詞耶。那麼，我也認為人只能自己救自己，所以請駿河學姊拋棄我這種人，專注追求自己的幸福吧。」

「你講話動不動就帶刺耶……在這個局面，我不可能捨得拋棄你吧？這可由不得你。」

「喔喔，學姊做人真好！」

扇學弟感嘆般張開雙手。

這個肢體語言，看起來也像是在說「這個學姊輕易就上當了」。與其說我做人真好，不如說我做人真好騙？

哎，現在不是玩文字遊戲的時候。

「人只能自己救自己」這句話，確實有幾分是真的也說不定，就算這麼說，我也不能默默坐視學弟一個人逕自毀滅。

幸好，假設惡魔受理扇學弟膚淺至極的願望，我也知道如何解決。這是專家傳授的交涉方式，肯定也能運用在這裡。

要防止惡魔實現願望，有正反成對的兩種方法。以邏輯證明願望絕對無法實現，或是在惡魔實現願望之前，這邊先擅自以己身之力實現願望。

總歸來說，就是逼惡魔不履行契約。

以現在的狀況，應該採取的解決之道是後者。

也就是說，在惡魔解開密文之前，我與扇學弟自行解讀成功，這麼一來，惡魔就不會依照契約占據扇學弟的軀體。

原本是以「只是挑戰的話就試試看吧」這種輕鬆的心情面對，但是危機感大幅增加了……沒想到只是打掃房間就遭遇這種事。

我想，阿良良木學長去年也是這種感覺吧。或許這是高年級生的責任。

「唔……」

此時，扇學弟發出像是想到什麼般的聲音。

「駿河學姊，不好意思，方便讓我看一下那個嗎？」

他就這麼被埋在垃圾山裡，以趾尖指向某處。和客氣的語氣相反，這應該不是可以對學姊採取的態度，總之我看向他示意的方向，位於那裡的是我撿起木乃伊的時候，暫時放在榻榻米上的那張草紙。

單純以二分之一的機率翻過來放置的那張紙怎麼了嗎？剛才肯定已經徹底檢查過了。

「沒有啦，從翻轉的狀態觀察，我察覺一件事。方便用腳趾拿給我嗎？」

「為什麼要用腳趾……？」

不過，這個要求或許暗藏意義，所以我小心翼翼避免弄破密文，以大拇趾與食趾夾起信（像是夾娃娃機那樣），伸向扇學弟。

扇學弟也以腳接過去。

這是什麼互動？

「嘿咻……」

看來這個行為正如預料沒什麼意義（好像只是想和我用腳傳東西，這是哪門子的慾望？），扇很正常地以手拿起信紙，再度仔細端詳。

不過，這次看的是背面。

「嗯……」

「怎麼了？是背面寫了其他訊息嗎？」

「不，我想說有這個可能性所以做個檢查，可惜猜測落空了。不過，無論是打掃還是解讀密文，實際採取行動都很重要。我為了從另一面透視，所以將紙張拉平，發現正面的邊角有一段因為皺摺所以沒發現的訊息。」

「皺摺？」

聽扇學弟這麼說，我看向他的手，然後也發現了……不是長時間摺疊產生的摺痕，是剛才木乃伊左手插入隔扇，粗魯抓住這封信產生的皺摺。

如今皺摺拉平，難以辨識的字也看得出來了……看漏的我真的很粗心，不過因為擔心弄破紙張，所以我沒想過硬是將摺痕或皺摺拉平。

為了方便從背面透光檢查，扇學弟不怕破損而拉平信紙，因而發現新訊息。這麼一來，無論如何先採取行動果然很重要。

只是，至今之所以看漏這段訊息，除了該處皺摺以及字體模糊之外，還有另一個原因。

不同於直到剛才看見的文章，只有這行字全都以片假名寫成。原文如下：

「ニゴリナキシカクヲヨメ」

閱讀無混濁的死角？

009

「只有這行字是片假名，加上只有這行字寫在遠離內文的位置，由此看來，這行字應該很特別吧。『シカク』是死角？同音的還有四角、資格、刺客……『ヨメ』是閱讀？同音的還有吟詠、新娘、夜目……不過『ニゴリナキ』只能轉換成『無混濁』……」

暫且算是發現解讀的提示，所以扇學弟看起來很愉快。

但我覺得光是這種程度的新發現，無法撼動你身處的困境……這人真悠哉。

不過，也可以說他就是如此冷靜。

我獨斷解釋為「閱讀無混濁的死角」，但確實可能是不同的漢字……

然而，無論如何，這肯定是很特別的一行字。即使形式上和其他內文一樣是命令句，卻不包含身體部位，無論「ヨメ」翻成「吟詠」「新娘」或「夜目」，都沒有「收藏」的意思（如果是「新娘」或「夜目」，甚至不算是命令句）。

「與其說是命令句，或許應該是問題句。」

「問題句……」

「是的。總之，我剛才試著尋找各種可能性，不過直覺來看應該如您所說，變換成『閱讀無混濁的死角』的意思吧。也就是說，只要閱讀無混濁的死角，就可以得到密文的解答。」

他隨口就這麼說，我還以為這種概念從很久以前就存在，不過「無混濁的死角」是什麼？何況既然是死角，應該用看的或是用撞的吧？

即使這是問題句，我也不明就裡。甚至認為這句話和密文無關。

既然都是片假名，即使是我這個女兒，終究也難以斷定是不是母親的筆跡。

構造太單純，難以反映特性。

甚至會看漏。

如果是以手邊的紙寫下的密文，這張隨便拿起來的紙，如果寫下完全無關的一行字，也沒什麼好奇怪的……

哎，就算這麼說，終於出現這個看似頭緒的頭緒，也不能當成沒看見。為了揍扇學弟，就這麼反射性地站著不動的我，此時終於像是切換意識般再度坐下。

扇學弟回復為正坐姿勢。

與其說姿勢，他的正坐已經完全可以當成模範了。

「這裡說的死角，意思是『看不見的場所』嗎？換句話說，我們剛才認為應該注意的是內文沒條列的部位，這個推理果然接近正確答案？」

剛才即使不到駁回的程度，總之也先予以保留，不過這個假設或許可以再稍微深入研究。

「是嗎……那就再驗證一次吧。駿河學姊，屁股。」

「不准說得這麼簡潔。不准做這麼簡潔的指示。不准像是外科手術主刀醫師要護士拿手術刀那樣只講『屁股』兩個字。我不會再配合的。」

狀況已經和剛才不同。扇學弟向猴掌許願的現在已經無暇胡鬧。他依然笑咪咪的，缺乏嚴肅的感覺，但我們已經被逼到不能以沒解開密文做結的狀況。

「哎，母親設計密文的時候，應該也不會以女兒的屁股當關鍵吧。」

扇學弟以奇怪的邏輯，為我的臀部做結。這學弟總是難以捉摸。

既然他這麼說，那麼母親不應該打造出讓女兒陷入這種困境的狀況吧？不過即使是臥煙遠江，大概也無從想像會演變成這種狀況吧。因為她不是預言家。

「不過就我來說，臥煙一族都像是預言家。」

「什麼？」

「不不不，沒事。」

「是嗎？你偶爾會講得好像比我還熟悉我的母親……」

「我一無所知喔，知道的是您才對，駿河學姊。尤其是……」

扇學弟一邊說，一邊將草紙還給我。這次我沒有拿木乃伊的手掌交換。太危險了。

即使他已經理解事態，我還是擔心他接下來可能許下關於我屁股的願望。

「尤其是臥煙遠江這樣的大人物，居然只因為出車禍就喪命，這種不可思議事件的真相引人無限想像。」

「這……」

雖然我開口，卻沒有要繼續說些什麼。就算我的母親是大人物，是怪人物，但她不是不死的吸血鬼，出車禍還是會死吧。

就只是這麼一回事罷了。

不是嗎？

「很難說。我覺得這種死法太不適當……總之，就我來看，能夠擄獲臥煙遠江芳心的伯父，是我想效法的對象。因為我想出讓駿河學姊的芳心。」

「出……出讓？」

不是射穿？（註3）

雖然不是猿猴木乃伊，不過，這是要占據我身體的意思嗎？

我再度難以拿捏和這個神祕學弟的距離，同時將手上的密文從頭到尾再看一次。

無混濁的死角……

「無混濁」換個說法是「乾淨」或「清澈」，是這個意思嗎……不過，從「收

註3　日文「出讓」與「射穿」音同。

集」、「組合」、「集中」這種收藏相關的字詞來看，和「純粹」的意義相去甚遠。問題內文和問題的構成要素相互衝突……不過這是密文，所以矛盾之處或許正是關鍵所在。

「濁……混濁……是濁酒嗎？」

扇學弟難得以正經語氣說。

「那麼，我們試著在這裡一起喝濁酒吧。」

「就算你難得以正經語氣這麼說，我也不會上當。為什麼我非得和你飲酒作樂？不准隨口要求喝酒精飲料，你是不良少年嗎？」

雖然這麼說，即使不是「濁酒」，除了死角，混濁的東西應該很多。「清濁能容」肯定是理解神奇現象的合適方法。阿良良木學長就是以這種方式接觸諸多怪異現象至今。

比方說……日語就有「毫不混濁的雙眸」這句慣用句吧？

「也有『混濁的眼珠』這種說法。您想想，屍體的眼珠子不就是灰黑混濁不透明嗎？」

「…………」

你用那雙漆黑的眼睛，講這種毛骨悚然的話……

你本身的存在就不透明了。

不能再明朗化一點嗎？

「記得小學的理化實驗，會在試管裡製作白濁的液體……那是什麼東西？」

「白濁……聽起來沒什麼關係就是了。只是，雖然不是在說濁酒，不過混濁的東西基本上都給人液體或半液體的印象。」

「是的，哎，畢竟是水字旁的漢字啊。是不過，應該也不是把這封信進水就行吧。」

「嗯，我也覺得不是這樣。」

如果有好幾次機會，嘗試一下或許也不錯，不過如果將這張密文泡水卻沒發生任何事，事情將無法挽回。或許比糯米紙更容易溶解。

「……不要蒙蔽，模糊或朦朧雙眼，要解讀看不見的東西。該不會只是在講這種心態上的調整吧？如果是這樣，乖僻彆扭的我，大概一輩子解不開這篇密文吧。」

扇學弟說得不太失望，反倒像是很享受身處的困境。

你果然是超級被虐狂吧？

只是，如果這個推理正確，我也不敢說自己是個不混濁的人。甚至有一段時間，我的左手混入了怪異——也就是惡魔。

「剛才，我斷定『ニゴリナキ』只能解讀為『濁無』，也就是『無混濁』，不過如果允許套用其他漢字自創詞，或許可以進一步解釋。像是『濁泣』。」

說到「濁」這個字，基本上應該都會先從「液體」的角度思考，不過扇學弟的這個角度很創新。雖然應該沒這個詞，不過淚水以各種成分組成，真要說的話確實是「混濁」的。

「如果以自創詞的角度思考，並不是沒有其他的可能性。像是『濁鳴』……『濁木』？」

「『濁木』聽起來很像某個迷路少女會說的口誤就是了。」

「『濁氣』……『濁期』。『濁記』……」

一邊這麼說，一邊莫名覺得像是在挖一條錯誤的礦脈。自創詞的這個構想明明很不錯才對。

不。

實在是想太多了。

即使不提我是個不適合思考的笨蛋，將這段文字深入解讀到這種程度，應該是錯的吧？

我的母親雖然莫名其妙，但有其女必有其母，她也不是個深思熟慮的人。沒什麼耐心，真要說的話是行動派。原本就不是會思考這種複雜密文的人。

比起這種按部就班慢慢解讀的問題，她應該更喜歡直腸子的單純構造。

喜歡……對了。

雖然對我們來說已經不是遊戲，不過對那個人來說，這是遊戲。她設定這種密文，並不是當成保全措施。

假設這是暗示木乃伊所在位置的密文，但是在她留下這種密文的時間點，感覺她就不想隱瞞木乃伊所在的位置。

把訊息藏在隔扇內側這種平常不可能發現的場所，雖然是難以理解的行為，但若解釋成那個母親特有的玩心，我內心在某方面可以理解。

內容詭異又驚悚的密文，與說隱藏著非人類的黑暗成分，不如說單純是惡劣好奇心的產物……密文的本質或許沒什麼好害怕的，不必認真接受。

進一步來說，是半打趣設計的密文。

這當然也有其危險性存在。即使以「因為很美麗」這種興趣上的理由收集刀劍，刀劍依然是用來殺人的工具，是可能殺人的工具，這個事實並未改變。

雖然這麼說……如果這不是保全措施，是惡劣的興趣，是胡鬧，是如同自我吐槽的即興鬼點子，那麼以稍微不同的角度，以無混濁的雙眼閱讀，或許就能解讀這篇密文。

是的。乾脆抱持著母女一起玩腦筋急轉彎的心態來解讀。

就在我得意洋洋地發現新的立足點，至少抱持這種心態的這個時候，扇學弟的口袋響起像是潑冷水的震動聲。

「啊，恕我失禮。」

扇學弟說完，以手指瀟灑勾起吊飾，拿出手機。

「不是電子郵件，是來電耶。哎呀哎呀，是阿良良木學長打來的。」

「！」

「這邊正在討論重要的事情，我就掛斷吧。如果學長有要緊的事情，肯定會寄電子郵件給我。」

「慢……慢著，你就接吧。不必顧忌什麼。」

我假裝冷靜，催促他接電話。

阿良良木學長一直無視於我的來電與電子郵件，卻在這時候意外出現交集，我不禁緊抓不放。不過，終究不能要求由我接電話就是了。

「這樣啊。不過，關於木乃伊與密文的事，還不要透露比較好吧？」

「嗯，說得也是。即使到最後會找學長討論，我也想盡量獨力解決……雖然是極度不重要到底的事情，不過如果你能稍微幫我試探阿良良木學長現在的心情，會幫我很大的忙。」

「知道了。」

對於我這個難以理解的要求，扇學弟什麼都沒問就如此回應，一邊起身一邊按下通話鍵。

「喂，是的，我是忍野扇。嗯，我正在神原學姊的家裡打擾。哎呀，沒什麼啦，我並沒有幫忙打掃房間。」

不只是怪異的問題，即使是事件開端的打掃房間工作，扇學弟也很識相地幫我隱瞞。

這孩子就是可以這麼貼心。

「一下子集中胸部，一下子屁股朝過來勾引我，接著一回頭就用全力揍我，哈哈！那位學姊真的是變態耶。」

不准多嘴！

要是阿良良木學長擔心到趕過來怎麼辦？

「嗯。羽川學姊那件事嗎？那個大奶怎麼了？是。是……」

扇學弟一邊說，一邊跨過垃圾前往走廊。怎麼回事，是不方便在我面前討論的事情嗎？羽川學姊那件事？所以他剛開始不想接電話？

總之，扇學弟走出房間了。明明是自己的房間，我卻覺得被孤零零留下來。

即使是那種粗魯的學弟，離開之後還是會寂寞啊……為了拭去這份寂寞（以及拭去粗魯學弟可能對阿良良木學長亂講話的不安），我再度面對密文，試著擠出假設。

我想想……「ニゴリナキシカクヲヨメ」這句問題以片假名寫成，我解釋成是

為了增加相較於其他文章的獨立性，這個想法本身應該沒錯，不過增加獨立性的方式，應該不只是寫成片假名這個方法。

像是畫圈圈框起來，或是在旁邊畫線強調，暗示這段文字很特別的手段要多少有多少。可是，這裡卻使用「寫片假名」這個手段，難道是基於某個原因嗎？

將問題寫成片假名的原因……非得以片假名寫的原因？這麼做導致句子出現「濁鳴」或「夜目刺客」這種不同解釋的餘地，擴大問題的廣度，但若即使如此還是必須以片假名寫成……

嗯。

我自己都覺得這個思考方向不差，打算等扇學弟回來之後和他討論，在這個時候，傳來一陣走向這裡的腳步聲。

哎呀，比我預料的還早回來……我一直以為他離席，是因為要討論的事情沒那麼簡單。

如此心想的我抬頭一看，走進我這間依然亂七八糟房間的人，不是扇學弟。

理所當然般來訪的，是身穿寬鬆運動服，一頭像是懲罰自己般受損嚴重的褐髮，單腳打石膏的少女。

010

「……這不只是興趣惡劣，是狗屁不通了。可以別做這種事嗎——媽媽？」

我的情緒無從宣洩，卻還是如同整理般安撫，盡可能以毫無抑揚頓挫的語氣這麼說。

「話說，這是您第一次在白天出現吧？」

「呵……」

褐髮少女嘲諷般揚起嘴角。

這種笑法完全是我記憶中的那名少女，國中時代熟識的沼地蠟花，但是接下來的語氣明顯不同。比起那個努力故做成熟，甚至逞強到疲累的那個老成惡魔，她更像是老謀深算的惡魔。

「瞧妳一點都不驚訝，真無聊。妳為什麼知道？所謂的友情？還是親情？」

都不是。」

我不確定自己和沼地有沒有友情，更不確定自己和母親有沒有親情。我確信那傢伙不會出現在我面前的原因，在於那傢伙已經毫無眷戀。

和我不一樣。

「只在夢中還不夠，終於侵蝕到現實了？媽媽。這麼一來，我終於得定期去醫院看病才行了。」

「放心啦，駿河。這並不是妳腦袋有毛病。何況我也不是幽靈。總之，就當成只在妳遇到困難才會登場，像是妖精之類的東西吧。」

妖精？

講得真奇幻……

而且是以沼地的外型這麼說，所以我受不了。

因為悖德感嗎？我的心境變得有點怪。

「可是，我現在沒遇到什麼困難啊？」

不對，我正在遇到困難吧？

房間完全沒打掃，和阿良良木學長無望和好，黏我的學弟令我招架不住，而且密文也沒解開……

升學考試以及身體復健，真要說困難也沒錯。

像這樣看，我甚至覺得自己的人生完全不順遂。

「『順遂的人生』這種想法，我不太能理解。所謂的人生，不就是『不知道會多麼不順遂』的東西嗎？風險管理、損害控制……是一種減法。」

減法。

如果人生只能以減法評價，確實很難套用「一帆風順」這種概念吧。

「以一百分滿分活下去的人，應該沒那麼常見吧。咯咯，妳不擅長數理？」

「不擅長……不過既然這麼說，我其實不擅長唸書本身。國文也是……我討厭密文這種東西。」

我愛理不理地說。

該怎麼說，與其說這是對母親裝冷漠的典型叛逆期女兒，更像是在母親面前耍帥的典型青春期女兒吧。

「媽，為什麼留這種密文給我？」

「妳真正想問的，是我為什麼把這種木乃伊遺留給妳。不是嗎？」

身穿運動服的母親，外型是少女的母親，掛著像是沼地蠟花的笑容，從我手中抽走木乃伊手掌。大概只是印象問題吧，不過像這樣看，就覺得她手中正是那個木乃伊應去的歸宿。

如同惡魔的歸宿，就應該在收藏家沼地蠟花的手中。

在擁有者臥煙遠江的手中。

「不然的話，妳好歹也可以說，把這種東西當成遺物留給妳，造成妳天大的麻煩啊？」

「我沒要把話說得那麼重……」

那個木乃伊造成的損害，我不會說責任要全部塞給母親。我沒這麼不知恥。

何況（請容我不怕引來誤解，毫無反省之意，任性地這麼說），堪稱正因為有那個木乃伊，我才得以和戰場原學姊以及阿良良木學長結緣。

「不過，我無法好心認定您是基於善意留下那個給我，而且假設真是如此，我也不想連木乃伊的其他部位都收齊。」

即使以這種不講理的外型現身，我也不打算出手蒐集。我一邊研究密文，一邊講得像是在辯解。

母親像是嘲笑般，像是收藏家本人般，一臉笑咪咪的。

「妳並不需要繼承『這孩子』的意志。也不需要收拾我的負面遺產。那封信也不是寫給妳的。」

她這麼說。

「正如妳的推測，那是我連同隔扇送給妳爸的東西，算是情書吧。」

「情書……」

扇學弟剛才說過將情書藏在屏風的故事……不過將隔扇當成情書贈送，已經不只是豪奢，而是豪放的故事了。

「畢竟那是我少女時代寫的情書，所以內文也不小心寫得太有個性了。」

「……就像是喜歡使用艱深漢字的國中生吧。」

我試著挖苦這麼說，但母親絲毫不以為意。

「就說是少女時代了，是愛現的年紀。當時我想拋棄臥煙家，那位哥哥想拋棄神原家。我們大概是在這一點意氣相投吧。我送的這些隔扇，他隱瞞來歷暗自使用，大概是對神原家的一點報復心態吧。」

忽然聽到父母相識的經過，我有種難以言喻的感覺。像是聽到不該聽到的祕密般難為情。

話說，原來她以前稱呼爸爸為「哥哥」？

我媽媽原來出乎意料是妹系角色？

「後來，我們就真的拋棄自己家了。」

「…………」

捨棄一切，彼此只剩下彼此。

不對，在那之後，他們生下了我。

「很可惜，遲鈍的哥哥沒發現信。不久之後，我也被禁止進入這裡，所以也沒辦法回收隔扇。如此而已。那是一張沒完成職責的藏寶圖。就像是沒發芽的故事，沒回收的伏筆。」

母親做結般這麼說。

此時我第一次想到，她以我舊識勁敵的外型現身即使只是胡鬧，但她變成他人外型的原因，或許是她不能以原本的外型出現在神原家。

就某方面來說，這也是一種結界吧？

反過來說，她不惜偽裝身分穿過這道結界，也想對我說某些事吧。

「……您果然想叫我蒐集木乃伊嗎？」

「還在講這個？用不著做這種事。不然，我可以難得負一次責任，幫妳撕掉那封信喔。只不過，妳現在身處的逆境有多麼危險，妳應該要更清楚一點。」

臥煙遠江說完聳了聳肩。

「多麼危險……這我知道喔。因為扇學弟不小心許願了。真是的，輕舉妄動也要有個限度才對。為了保護那孩子，我無論如何都必須解開這篇密文。」

如同阿良良木學長昔日保護我到輕舉妄動的程度。

「我不是在說這個……雖然也是在所難免，不過，妳對那個少爺的認知還太天真了。」

她斷然這麼說。

那種像是惡意聚合體，像是毀滅思考化身的少年，母親卻說我對他的這份認知太天真，即使世界這麼大，敢如此斷定的也找不到第二人吧。我在奇怪的地方感到佩服。

居然叫他「少爺」……

「分散的木乃伊，分布於日本各地的木乃伊。我的木乃伊究竟引發多麼嚴重的不幸，妳沒有理解。」

居然說「我的木乃伊」……

雖然強烈主張自己的所有權，不過聽這個說法，如同臥煙遠江本身就是木乃伊。

「不，扇學弟好歹明白這一點喔。他像是惡整一樣，親切又滔滔不絕地對我說明過。不只是實現願望自作自受的當事人，這場悲劇甚至會殃及周圍……」

「這場悲劇，會繼續連鎖下去。」

臥煙遠江打斷我的話，這麼說。

「因為，木乃伊會以願望與不幸為糧食，如同癌細胞增殖。不過真正增殖的或許不是癌細胞，是願望吧。」

母親以沼地蠟花的動作，聳了聳肩。

「增……增殖？啊……」

我愣住了，草紙脫手落地。不只如此，還不禁當場起身。

我從未想過這種事。

不過，聽她這麼指摘，我甚至詫異自己為什麼沒想過這麼簡單的事？

沒錯，我向木乃伊許願的時候，木乃伊回應我的願望，然後「成長」了。本質是屍體的木乃伊會「成長」也挺奇妙的，總之，當初只有手掌部分的木乃伊，實現第一個願望之後「延伸」到手肘。

如果實現第二個願望，肯定會延伸到肩膀吧。如果實現第三個願望，肯定會「延伸」得更完整吧。

「成長」……「再生」？

如同癌細胞……如同不死的吸血鬼？

咦……所以說，會怎麼樣？

四分五裂的木乃伊部位……要是在世界某處，實現我這種傻瓜的願望……光是讓當事人與周圍慘兮兮還不夠……還會迅速再生為「三倍以上」？

那麼，實現三個願望之後，悲劇不會就此結束，今後會以三倍的效力，讓三倍的人們不幸？

三倍之後是九倍？九倍之後是八十一倍？八十一倍之後……這已經是不擅長數理的大腦處理不來的乘數。

在這樣的過程中，如果比草紙還脆弱的木乃伊再度四分五裂分散各地，不幸蔓延的速度會像是病原菌……咦？

咦？這樣很奇怪耶？

有這種事嗎？

那個騙徒拿來的木乃伊頭部已經成功處理掉，所以關於木乃伊的事件，我原本覺得就某種程度來說已經解決……但是這麼一來，完全沒解決吧？

本應處理掉的左手，為什麼再度在我的房間找到？這個大問題也因而姑且獲得解釋。如果會無限再生、無限增殖，那麼無論左手有幾條，在原理上都沒有矛盾之處。

最近才堆積起來的垃圾山，為什麼會埋著我毫無印象的第二條木乃伊左手？這個問題當然還在……但至少數量的問題解決了。

不過，這個解決是新問題的火種。

照這個邏輯，頭部也可能再生。我聽過渦蟲連腦部也可以輕鬆再生，如果是怪異就更不用說了。

「咯咯咯，我嚇過頭了嗎？哎，我就姑且安慰妳一下吧。可靠的專家早就開始行動，所以不會釀成什麼大禍。」

她講得像是把我的慌張當成好戲看，至少不像是以當事人身分感受到責任。

專家……忍野咩咩或貝木泥舟嗎？

貝木泥舟確實擁有過木乃伊的部位……關於那顆頭，我想他應該和我一樣，是從當事人那裡直接拿到的，不過那個騙徒不一定沒擁有其他部位。

騙徒真的是滿嘴謊言。

「不過，某些部位連專家都找不到，沒能回收，這也是事實。我想，應該再也沒人會發現那些部位，假設被找到，應該也只有妳這種傢伙會找到吧。」

這番話可以解釋成兩個意思。

正因為我是臥煙遠江的女兒，所以可能會尋找她的遺產；或是只有我這種傻瓜會不小心找到，不小心許願。

如果是後者，那她根本沒安慰到我。專家找不到，卻只有傻瓜找得到的木乃伊部位？

想像得到的糟糕未來，糟糕到令我說不出話，但是面對這樣的女兒，這個母親毫無愧疚的樣子。留下這種負面遺產的核心人物，我以為會以當事人身分提出一些主張，不過，應該沒有吧。

死人不會說話。

她這樣的人，真的一點都不需要那種消極、畏縮又愛哭的木乃伊吧。我隱約抱持這個感想。

「哎呀，那個黑暗少爺差不多要回來了。那麼，我就此告辭。」

「咦？」

我冒出「要回去了？」的心情。這樣的我，骨子裡果然害怕寂寞吧。無論對方是誰，即使是無藥可救的母親，我也忍不住想依賴。

「以我的世界觀，撞見那個少爺的話不太妙。可能會湮滅。」

「湮滅？」

居然把扇學弟講得好像反物質……不，暗物質？

「總之，妳沒義務繼承任何人的意志或遺志，也沒有任何人希望妳這麼做。我來只是想說這個。因為妳不是我，不是這個女生，更不是阿良良木小弟。我要抱怨一下，妳想做事的時候動不動就拿我當藉口，這口氣我可嚥不下去。要做就以妳自己的意志去做。要努力就以妳自己的意義去努力吧。」

「以我自己的意義……」

努力吧。

感覺我這次首度受到母親的激勵。

「妳不是別名『努力駿河妹』嗎？」

「為……為什麼知道這個綽號？」

那是我國中時代自己想的綽號！

「媽媽總是把女兒清楚看在眼裡喔。咯咯咯。不過就我來說，這也是已經變濁的綽號就是了。」

「變濁……？」

如果連努力的行為都視為雜質，那她真的是正如傳聞的天才。是個性超過強烈達到劇烈的一個角色。

這麼一來，即使是母女，她和我也是完全不同的人。

是的，神原駿河和臥煙遠江是不同人。

事到如今，我察覺這個事實。

事到如今，才重新察覺。

「哎，無論要汙要濁，妳只要做妳自己就好。不過，如果只是普通的水，我可不能接受喔。」

「普通的……水……」

「不成藥，便成毒。否則妳只是普通的水。啊啊，沒錯沒錯。所以，如果妳還會見到貝木，也幫我轉達他一下。不要老是追著我的背影徘徊迷失。別擔心，我在那個世界也和老公恩愛到不行。」

太難轉達了吧！

應該說，我哪敢轉達啊！

011

「不好意思，讓您久等了。阿良良木學長講好久。不過想到大奶學姊在海外陷入的困境，這也難免吧。可是傷腦筋了，只有這一次，在真正需要的時候，我也必須提供綿薄之力協助才行……哎呀，駿河學姊，看您表情莫名舒坦，怎麼了嗎？」

以手心轉動手機，悠哉回來的扇學弟對我這麼說，我不禁撫摸臉頰，確定自己是否露出這麼舒坦的表情，然後回應他。

「不，沒事。只是做了一個白日夢。而且，我見到兩個懷念的臉孔。」

「啊？」

扇學弟一臉詫異。

不過，大概是認定我的變化和他無關吧。

「那麼，駿河學姊，繼續研究密文吧。」

他這麼說。

「……電話裡的事情沒關係嗎？阿良良木學長說了什麼？」

「啊啊，請放心。阿良良木學長沒有您擔心的那麼生氣。最近聯絡不上他，是照例遇到一些麻煩事。不過遇到麻煩事的與其說是阿良良木學長，應該說是羽川學姊。」

阿良良木學長沒我想像的那麼生氣，這個消息讓我開心到想跳起來，不過我在這時候想確認的不是這一點，而是「羽川學姊遇到麻煩事」。

即使覺得她幾乎不會出問題，不過既然是在海外陷入困境，我終究不能當成沒聽到。

「不，總之還不用插手。也就是觀望。這是阿良良木學長也被迫進行困難判斷的局面。以大奶學姊的狀況，貿然去幫忙可能會幫倒忙，這是最讓人進退兩難的點。」

「…………」

總覺得話題的架構差太多了。

不，這邊的話題規模也很可觀。畢竟甚至暗示了木乃伊在全國各地無限增殖的可能性。

「總之呢，乳房太大會搖會彈又會重，當事人也意外地覺得礙事，就是這麼一回事。」

扇學弟以這番話做總結（一點都沒總結到）。

「關於密文，我和愚笨的阿良良木學長聊著聊著，忽然想到一個假設……」

他開始回到剛才的討論。

不過，我打斷他的話語。

「啊啊，扇學弟，不用假設了。因為我解開了。得出結論了。」

「咦？」

黑暗少爺吃驚愣住的表情挺有看頭的。我乘虛而入，讓這個虛無的化身中了一記冷箭，所以表現得還算不錯吧。

012

雖然這麼說，但實際上沒什麼好得意的。畢竟直到中途都是和扇學弟一起思考，而且要不是出現在白日夢的那個人給了露骨的提示，我這種傻瓜不可能得到這個解答。

雖然剛才說了很多，不過以她本人來看，那種密文只是玩心的產物，我卻一直埋首研究而且解不開，她才會耐不住性子登場。這或許出乎意料是剛才那場白日夢的真相。

只不過，我正想對這個動不動就囂張的學弟展現學姊的威嚴，所以我像是一切都由我自己想到般，做出充滿明星架式的動作。

「首先，我想到的是……」

而且強調是我自己的功勞。

這樣看起來或許反而是打腫臉充胖子，不過扇學弟笑咪咪地徹底當個聽眾。他身為推理小說迷，當然喜歡飾演負責解謎的偵探，不過或許也不討厭站在負責驚訝的華生助手立場。

「身體部位雖然羅列卻沒有網羅。你對這一點的解釋，是推測沒寫到的部位才具備意義。」

「我確實說過。不過這個推理沒什麼成果。」

「是的。我們最後的結論是說，密文內容換個角度來看，也可以算是網羅所有部位，不過關於這一點，我認為或許也可以反過來看。」

「反過來看？」

「換句話說，在排列整齊的文章中，或許重要的只有少許一兩句，其他的字句都是幌子。沒有網羅所有部位的原因，在於這原本就是不必要的幌子，只要句子夠多，就足以成為稱職的幌子。畢竟多到繁雜也不太好。」

此時，我不經意觀察扇學弟的反應。

「啊啊，原來如此。是這個模式啊。」

他很乾脆地點了點頭。

原來是常見的模式嗎……

我還以為是我全新發現的。

「居然會這樣……我還已經想到形容這種密文的嶄新慣用句了。『藏樹木最好的地方是森林』……」

「這句諺語早就有了。在推理界不只是慣用句，還是常套句。」

「真的假的？唔～～如果有慣用句能精準形容這種心情就好了……」

「啊啊，那就是『重新發明車輪』。」

原來真的有？

聽眾造詣比偵探高的解謎場景，這才真的是一種創新吧……我稍微消沉地思考這種事，此時扇學弟催促我說下去。「不過，問題在於密文裡的哪一段文章，是作者意圖隱藏訊息的重要文章，這很難鎖定吧？」

真是成材的聽眾，成材的學弟。

「『ニゴリナキシカクヲヨメ』這句問題，不就是用來鎖定目標的嗎？」

「喔喔。那麼，『ヨメ』應該變換成『讀』吧？」

「嗯，我是這麼認為的。不過『ニゴリナキシカク』要稍微加工。」

「加工？」

扇學弟說著，再度閱讀草紙內容。

雖然這麼說，但只是重新瀏覽的程度。或許是因為自己飾演聽眾，要避免在這時候不小心察覺真相。

「我看過問題之後，也不知道哪段文章比較突出。不過以駿河學姊的說法，我這樣是錯的吧？」

總覺得他不經意拉高門檻……這或許是在為我暖場，但我不太習慣這種事，所以希望他不要過於挑唆。

緊張程度和球場上不一樣。

「我依序說明吧，這句問題都以片假名寫成，引起我的注意。我在你接電話的時候一直在想……如果想強調這段文字是題目，絕對不愁沒有手段可以用，極端來說，在開頭寫『題目』兩個字，畫個四角形框起來就夠吧？」

「原來如此。四角。那麼問題句的『四角』不是『死角』……」

「啊，不，錯了錯了，剛才是巧合。」

只是舉個極端的例子，卻搞得亂七八糟。

只有抓不到步調的缺點特別顯眼……原本想讓成材的學弟看看學姊成材的一面，但我開始覺得最好在拙劣的一面曝光之前趕快收尾。

「換句話說，駿河學姊推測這篇密文的某個要素，使得題目一定要用片假名寫成？」

「嗯。我也想過，這或許只是湊巧混進來，別人寫的無關句子……」

「因為片假名構造單純，所以親女兒也對於筆跡鑑定沒自信？」

「就是這麼回事。」

他的附和真是搔到癢處。我甚至認為他或許早就察覺真相，只是貼心為了我而假裝不知道。

「可是，不是這樣，片假名的單純構造正是關鍵。因為構造單純，才會選用片假名來寫題目。」

「嗯……？愚昧如我，心裡還是沒有底……這是什麼意思？反過來說，因為構造會變得複雜，所以不能以漢字混合平假名寫成，是這個意思嗎……確實，『濁』這種字一般來說不會想自己手寫。」

扇學弟這麼說。

「畢竟數位機器普及之後，人類的手寫技能著實退步了。總之，既然密文寫到『踝』這個字，總不可能不會寫『濁』這個字吧。不過，『濁』這個漢字乍看之下，還真不知道筆畫數是幾畫。」

「就是這個。」

「啊？」

過度成材學弟的過度表現，我這個不成材的學姊至少不能放過。所以我抓住機會說下去。

「該注意的重點是筆畫數。」

「筆畫數……如果您在說『濁』這個字，那就是十六畫啊？」

扇學弟說自己頓時聽不懂，卻隨口這麼說。這麼漂亮的表現，使得我反而差點做出聽眾的反應，不過幸好「濁」的筆畫數不重要。

這不是重點。

「我說的是片假名的筆畫數。」

「片假名的筆畫數……？這個嘛，唔～我沒深入想過這種事耶？」

這應該是真的。

如剛才所說，因為構造太單純，所以片假名的筆畫數，一般來說沒人會去注意。不過既然是字就有筆畫數，毫無例外。

「哎，片假名大多是一畫或兩畫就寫得完吧？」

「嗯。片假名大多是這樣沒錯。不過，還是有三畫的片假名，而且，在四十六音之中，只有兩個片假名是四畫。」

「喔～原來有四畫的……慢著，咦？」

此時，扇學弟驟然抬頭。

如果這個反應是演技，那他已經是貨真價實的演員了。我就像在回應他，同樣以裝模作樣的態度回應。

「是的，四畫的平假名。」

013

嚴格來說，四畫的片假名不只兩個。如果包含濁音，數量就增加許多。例如

「カ」變成「ガ」，「ス」變成「ズ」，兩畫的片假名加上濁音就變成四畫。

不過，這時候不用思考這部分。

因為，題目的「ニゴリナキシカク」是「沒有濁音的四畫」。從一開始就可以排除濁音或半濁音。

「哈哈！我真是的。說到『濁』，我的想像力一直受限在液體或半液體，不過文字其實也可以濁。不是液體或半液體，是濁音與半濁音……」

「姑且說明一下以供參考，半濁音的片假名沒有四畫的。」

「啊～～這樣啊～～還補充這一點供我參考啊，哎呀，佩服佩服。居然想得到這一點，不愧是駿河學姊，想法獨樹一幟。」

我不知道他這番話有幾分當真，但我就率直收下他的稱讚吧。雖說是母親假扮成舊識勁敵現身給提示，不過那個提示有點難懂。

就算她說「努力駿河妹」是「變濁的綽號」，也很難立刻察覺這是在說「神原（かんばる）」的第一個字加濁音會變成「加油（がんばる）」。請不要期待女兒這麼心有靈犀。

「不過駿河學姊，關於題目的漢字變換，我已經理解了，但我難免有種『所以呢？』的感覺。就算要我們閱讀四畫的片假名……平假名就不行嗎？平假名的構造也很單純啊？」

扇學弟像是催促我說明般這麼問。

「雖說同樣單純，不過平假名設計得比片假名複雜。事實上，除去濁音與半濁音，四畫的平假名有四個。」

「四個……」

「對，四個。『き』、『た』、『な』、『ほ』這四個。這麼一來，這個題目就無法成立。」

「這我不懂。無論兩個還是四個，雖然稱不上誤差，不過認定差不多也是天經地義吧……」

「可是，『き』、『た』、『な』、『ほ』沒辦法組成有意義的字詞吧？即使要讀，也不知道從何讀起。」

「哎，是沒錯。如果是『き』、『た』、『な』、『い』就可以組成『髒』這個字，剛好用來形容駿河學姊的房間。」

扇學弟講出這個過分的感想，然後繼續說。

「話說回來，沒濁音的四畫片假名是哪兩個？」

「『ネ』與『ホ』。」

「『ネ』與『ホ』？『ネホ』？既然這樣，這兩個片假名同樣組不出什麼意義……因為沒這種字……不對。」

扇學弟在這時候察覺了。或者是假裝這時候才察覺。

沒錯。

這個題目，沒指定要按照五十音的順序。所以可以隨意排列組合。『き』、『た』、『な』、『ほ』再怎麼組合還是組不出任何字，不過『ネ』與『ホ』的話……」

「『ホ』、『ネ』……『骨』。」

扇學弟低聲呢喃，接著看向草紙中央。

是的，羅列身體各部位的這篇文章，確實有一句提到「骨」。

如同埋沒其中，卻如同森林裡的樹木，不經意但確實寫在上面。

「『束起骨架吧』。」

扇學弟朗讀這一句。

「對於出題者來說，這篇字數頗多的文章，只有這句話重要，所以才會寫下『ゴリナキシカクヲヨメ』這個題目凸顯吧。『閱讀無濁點的四畫』，換句話說就是『閱讀「骨架」這一句』是嗎？」

「怎……怎麼樣？」

我說完之後失去自信，戰戰兢兢詢問扇學弟實際上怎麼想。雖然曾經被拱為鑑球社的王牌或是直江津高中的明星，但我基本上還是適合當副手……

「我沒異議喔。應該說，我認為只有這種解釋。我預先準備的其他假設，就在這時候正式全部作廢吧。駿河學姊，我看走眼了。我原本以為您是一位更愚笨的人。」

最後一句相當多餘，不過聽她這麼說，我就放心了。但我並不是不想聽聽其他假設就是了。我不免懷疑他剛才一邊講電話一邊分心想到的推理其實和我大同小異，是為了我才刻意收回，不過這時候就讓學弟舒服吹捧我一下吧。

「哈哈！仰慕的學姊沒有想像中愚笨，我也放心了。那麼，密文解讀進入下一階段了。在第二階段，當成障眼法的文章已經排除，所以就思考我們該注視的這句內文是什麼意思吧。『束起骨架』是嗎……總不能真的把骨頭束起來吧？如果留下來的是這句『集中胸部』該有多好……」

扇學弟打從心底不甘心般這麼說，不過如果留下來的是這一句，這種惡劣的玩笑也應該適可而止。

不只是應該適可而止，也沒必要進入下一階段。別提什麼第二階段，我們已經等同於抵達終點。

「扇學弟，如果排除周圍的文章閱讀這句話，這裡寫的『骨架』未必要解讀成生物的組成要素吧？」

我指向該處。原本用來隱藏這篇密文的隔扇。

開了一個洞，露出內部的隔扇。

如果日常生活就在使用，一般來說並不會特別注意，不過如同人類有內臟，隔扇也有內側。

支撐隔扇，使其維持薄形長方體形態，以木材製成的「骨架」。

014

臥煙遠江隱藏的訊息順利地完全解讀，事情就此結束……才怪。反倒是接下來才辛苦，是苦力。

是耗費勞力的工作。

首先，我們必須騰出拆解隔扇的工作空間，所以被迫重新開始清理房間。

雖說原本就是今天的主要計畫，不過要空出一枚隔扇加上彈性空間的地板面積，不是那麼簡單的事。俗話說「醒著只要半張榻榻米，躺著只要一張榻榻米」形容人生要知足常樂，不過光是空出一枚隔扇的面積就很辛苦。

人生很辛苦。

然後我們使用工具，小心翼翼地（最好能在事後再度組裝回去）拆解隔扇，取出內部的木材，然後悉數橫向排列。

排列。應該說束起。

束起骨架。像是竹簾那樣。

這真的需要動用各種排列組合反覆摸索，不過研究到最後，我們完成了一張地圖。將木條橫向束成一片板子當成畫布，再親筆畫成的一張地圖。

如果將木條分開來看，只會看到上頭畫著幾條神祕的黑線，不過只要連接起來就成為一幅畫，說穿了就是以木條製作的立體拼圖。所以我們解開像是拼圖的密文之後，在最後挑戰真正的拼圖。如果這張地圖又經過編碼處理，我終究會半途而廢吧，幸好這張地圖看起來是正常的地圖。標示的地點距離這裡不遠。

可以認定木乃伊部位就在這個場所嗎？

真是的……

將密文藏在隔扇的胡鬧行徑，我一直以為沒什麼深刻的意義，原來真正的意義存在於這枚隔扇本身？那篇密文說穿了是說明書，是準則。

這是一張加上兩層機關，甚至三層機關的「藏寶圖」，雖然最後變得像是回到起點，不過，如果解開那篇密文，應該沒人會想到拆掉隔扇，束起骨架，確認上面寫了什麼東西吧。

「哈哈！那麼，事件就此結束……是嗎？真不錯的頭腦體操耶。」

扇學弟說。

回過神來，太陽不知何時早已下山。到最後，感覺整個下午都用來解謎了。拆開的隔扇塞滿先前騰出來的空間，所以以印象來說，房間變得比清理之前還凌亂，就這樣結束這一天……老實說，我也覺得今天白忙一場而感到空虛。

「別這麼說，留到明天再清理就好吧？比清理之前還要散亂的感覺，是大掃除的必經儀式喔。我會繼續幫忙，所以請不用這麼氣餒。總之，至少只有密文處理完畢，所以這樣不是很好嗎？」

「不。」

我搖頭回應他的安慰。

「反倒是接下來才辛苦，是苦力。可能是耗費勞力的工作。」

「啊？什麼意思？」

「因為，明天非得立刻前往這張地圖標示的場所吧？得去回收部位才行。你不是也說過嗎？必須在冒失的某人冒失使用之前，將木乃伊處分掉。」

「我確實這麼說過……不過駿河學姊先前也說，始終只是要解開這篇密文而已，所以關於這一點，我原本以為明天得用別的方式煽動您。」

原來你明天想煽動我？因為名字有「扇」字？

真是的，這個學弟從頭到尾都把別人的不幸當好戲看。

「為什麼改變主意呢？我和阿良良木學長講電話的時候發生某個事件，對您的心境造成衝擊嗎？您剛才說做了一個白日夢……」

我也不清楚。

確實，那個人讓我知道事情多麼嚴重，體認到我的認知太天真，但如果只有這樣，我覺得沒什麼太大的關係。

多虧那場白日夢，我才得以解開密文，這是千真萬確的，而且那個人——那兩個人反倒說我不需要去找木乃伊的部位。

不用繼承沼地蠟花的意志。

不用繼承臥煙遠江的遺志。

那麼，這就是我自己的堅持。

「清理房間的工作怎麼辦？慘到不忍卒睹的臥室，您居然要罪孽深重地扔著不管嗎？」

扇學弟不知為何，以像是演講的語氣質詢我。真的是當好戲在看。

啊啊，我知道了。

我一直深刻覺得，這男生的這種態度很像某人……原來如此，是像我。

和去年的神原駿河一模一樣。

「向阿良良木學長道歉，哭著拜託他跟我和好，然後請他清理吧。因為我有其他要做的事情了。我來著手整理自己的心情吧。無論是壓力還是願望，從今以後都別再累積吧。」

「……………」

我原本想成為阿良良木學長那樣的人。想和那個人一樣，成為對別人溫柔的人，成為能拯救別人的人。不過，這果然是錯的。無論再怎麼崇拜，我也不是阿良良木曆。既不是沼地蠟花，也不是臥煙遠江，更不是戰場原黑儀。我必須成為我自己。如果阿良良木學長是隨時能為了看得見的某人、摸得到的某人而戰鬥的傻瓜，那我要成為隨時能為了不認識的某人、在某處冒失犯錯無法挽回的某人而戰鬥的傻瓜。

我要以這種方式超越阿良良木曆。

成為我理想的神原駿河。

015

隔天，我和扇學弟前往地圖標示的場所，展開一場堪稱驚天動地暴虎馮河的大冒險，最後好不容易成功獲得目標的木乃伊。

說來遺憾，雖然沒被冒失又沒概念的人搶先一步，不過位於該處的木乃伊部位比想像中還少。以五十音來說只有兩音左右的一小部分。

即使我不說這樣付出太多收穫太少，不過想到今後的路多麼漫長，我難免不耐煩。雖然也想就此放棄，但我在學弟面前發下那種豪語，現在只能忍著點。

總之，剛開始都是這麼回事。

就以此為開端，一步一腳印，耐心收集惡魔的全身吧。畢竟在我的房間裡，「沒開封」的隔扇居然還多達七枚。

我高中生活的最後暑假，看來會成為至今最漫長的夏天。

有多少具身體都不夠啊。

第三話　月火・復原

ARARAGI TSUKIHI

001

關於阿良良木月火——死出之鳥的觀察報告。

第二七六一篇。文責：斧乃木余接。

也就是我。就是我喲。咿耶～～勝利勝利～～

永恆之怪異——死出之鳥在現世的暫定外型是阿良良木月火。我開始觀察她至今大約快半年，不過到目前為止，觀察對象沒有明顯的變化或行動。

觀察對象表現出來的樣子，理所當然般完全是阿良良木月火，始終只是阿良良木月火。真要說的話，她的髮型經常變化，不過即使是頭髮，能從這裡找到的意義也只有九牛一毛。

而且坦白說，她的生態看起來幾乎都沒什麼意義。想到什麼就去做，隨著當時的心情恣意妄為，始終不做自己厭惡的事，依照生物的本能生活，堪稱生物的典範。

明明是怪異。

明明是妖怪，是怪物，是不死之身。

這個觀察對象卻像是生物一樣，是生物。

她就是這麼回事，就是這種東西。即使大腦明白，卻總覺得無法接受。甚至以為這傢伙或許只是普通人。

即使如此，她的擬態功力依然能瞞過好歹是專家助手的我，死出之鳥果然不容小覷。

送進阿良良木家的我，在北白蛇神社相關的事件結束之後，臥煙小姐依然就這麼繼續讓我留下來，如今我也知道原因了。雖然臥煙小姐吩咐說，在監視阿良良木曆的時候也順便注意一下妹妹就好，不過說到實際上的比重，應該不是已經認定無害的阿良良木曆，而是對於妹妹的危機管理意識比較強烈，這是我應該看穿的真相。如果沒能解讀到這麼深入，就無法勝任式神一職。

回顧從前，這座城鎮數度陷入的危機，也能認定是以阿良良木月火為開端。這座城鎮發生事件的時候，幾乎可以說一定和阿良良木月火有關。她總是位於漩渦的中心。

死出之鳥在火焰的中心飛舞。

死出之鳥本身沒有惡意，甚至沒有犯意，不過，既然不死之身的怪異位於核心附近，當然會產生一些扭曲。會造成影響，也會造成負面影響。

阿良良木曆養育成那種個性的原因，他對於家族的自卑感不在話下，不過可以推測在家人之中，他受到小妹的影響尤其明顯。

這不是好壞的問題。

遠遠超越善惡的差異。

和對錯的議論有著天壤之別。

這樣的存在，這種匪夷所思到匪夷所思，不存在卻實際存在的存在，偏偏自己高舉正義的旗幟，就我的立場來看有點噴飯。我甚至忘記監視的職責，忍不住想大喊「喂喂喂！」吐槽她。

如果容我冒昧向合規中心報告，我甚至覺得自己不適任這份工作，不過，臥煙小姐認為這個決定與安排是量材錄用，我不會說她這個想法不合理。

要監視死出之鳥這隻不死鳥，應該由同為不死之身的怪異負責。要管理偽裝成人力的怪異，應該由以人類製成，曾經是人類的怪異負責。

最重要的是，在這個對象拍動火焰雙翼要燒盡周圍的時候，必須毫不畏縮，毫不留情，不會看到入迷或看到眼花，消滅那閃耀的飛鳥。

必須是這種令人忌憚又沒有良心的怪物，才足以勝任不死鳥的監視工作。

002

鬼哥哥（簡稱鬼哥）是蘿莉控，所以對我很好。今天也是一大早就在我出勤的時候，偷偷給我一杯冰淇淋慰問。嗯，沒問題。說不定，他對我這麼好的原因，並非在於我是女童外型的怪異，是因為我是屍體的怪異，總之以我個人來說，戀童癖比戀屍癖好得多。

明明是屍體還會吃冰淇淋？如果有人這麼問，我的回答是YES與NO。兩者皆是。並不是基於冷凍保存的意義，所以我基於屍體的本能想吃冷凍食品。雖然也是因為今年夏天特別熱，鬼哥哥擔心這一點，才會經常給我冰淇淋吃，不過那傢伙誤會了某些事。

若要問我有沒有食慾，我應該沒有。

只不過，「吃飽睡」這種「模仿人類的行為」，對於我這種人類外型的怪異來說非常重要。

要是不模仿人類的行為，就會失去人類的形體。

此外，甜食果然可以消除壓力。無論是壓力還是消除壓力，總歸來說依然只是「模仿人類的行為」，不過這次的潛入搜查不知道會持續多久，所以適度放鬆反倒像是一種義務。因此，我現在坐在觀察對象——阿良良木月火的房間床上，愉快地吃著冰淇淋。

順帶一提，我是從今年二月投靠阿良良木家，當時的阿良良木月火，和大一歲的姊姊阿良良木火憐同房，不過在四月，在阿良良木火憐升上高中的時間點，兩人分房了。

不提阿良良木月火，阿良良木火憐近乎野性的直覺，好幾次差點看穿我的真實身分（那個姊姊好像也隱約察覺妹妹的真面目），所以對於我這個臥底來說，她的獨立令我非常感謝（她不是我的觀察對象，但我姑且好奇去她的個人房間看看，發現她明明是空手道家，住的房間卻吊著沙包，很像拳擊手的房間）。

總之，阿良良木火憐的角色定位，和我原本的主人，我的姊姊——影縫余弦在某方面有所重疊，我個人難免會怕她，正因如此，在她四月獨立之後（栂之木二中的火炎姊妹在那個時間點實質解散了），我的工作變得好做許多。

畢竟如果是以前，即使好心的蘿莉控像這樣拿冰淇淋慰勞我，我也不能悠哉舔杯蓋。

總有一天要跨海前往美國，享受從日本撤退已久的哈根達斯冰淇淋甜筒……我身為屍體卻做著這個夢的時候，阿良良木月火回房間了。

「呀……呀啊！不知為何沒興致去學校，所以在上學途中一百八十度迴轉回家一看，我的布偶居然在吃冰淇淋？」

阿良良木月火即使驚訝，卻也以淺顯的字句說明狀況，但她也太隨興了。

因為沒興致就回來，這是哪門子的校園生活？不過，這完全是我這個專業人士的疏失。依照至今的觀察，我明明很清楚阿良良木月火就是這種個性才對。

但是別慌張。我身經百戰至今可不是蓋的。

我連忙假裝是屍體……更正，假裝是布偶，扔下冰淇淋杯，癱倒在床上。

好啦，妳就當成是看錯吧。

布偶居然會動（會吃冰淇淋），這種事如果對別人說了，會被當成愛做夢的青春期少女耶？妳最近的髮型是分邊綁上髮圈的及肩髮，妳講這種話會跟髮型給人的形象不一樣耶？

「慢……慢著，事到如今假扮成人偶也沒用，妳剛才完全在動吧？在舔冰淇淋的杯蓋吧？吃得很過癮吧？而且妳臉頰沾到冰淇淋，冰淇淋杯也掉在旁邊，手上還拿著湯匙。話說不要把冰淇淋扔在床上好嗎？我棉被都沾滿冰淇淋了啦！」

阿良良木月火追究般這麼說，並且大步靠近，但我完全不予理會。我是布偶所以聽不見，也不會說話。

即使她抓住我的肩膀搖晃，拿起我的腳翻過來，我也沒有任何反應。沒呈現任何生體反應。

「哥……哥哥灌注愛情，久而久之就對人偶賦予靈魂……？像是小木偶皮諾丘那樣？」

阿良良木月火一邊說，一邊胡亂拍打我的臉頰，我瞬間想要灌注殺意，但是忍下來了。我好想叫她灌注愛情。

不過，我的必殺絕招「例外較多之規則」，和皮諾丘伸長的鼻子確實有幾分相似。

「喂～～反應一下啦，早就穿幫了啦。妳還要假裝布偶多久？隱藏身分，一直瞞著所有人住在家裡，爛透了！」

妳就在做這種事。

我一時衝動，想學鬼哥哥的吐槽那樣吐槽她，但我可不能這麼漂亮配合。

如果只是要打破這個僵局反倒簡單。真的只要以「例外較多之規則」打向阿良良木月火的腦袋瓜再逃走就好。我做得到這種事。

因為做得到這種事，所以我位於這裡。

這是專家忍野咩咩、騙徒貝木泥舟、暴力陰陽師影縫余弦，甚至是他們的總管——臥煙伊豆湖都做不到的事。只有我這個怪物做得到的事。

即使有程度上的差異，但他們都被阿良良木曆近似孩子氣又惹人憐愛的真摯特質束縛，實際上已經無法除掉這個妹妹，不過我這個屍體人偶早已割捨這種感情或同情。

不同於半吸血鬼的哥哥，阿良良木月火未必被認定為無害，只要她稍微做出可疑的舉動，就得立刻處理。這就是上頭交付給我的工作。

斧乃木余接是為此而存在的道具。

鬼哥哥也是，或許並非只因為他是蘿莉控，而是隱約察覺到這一點，才會塞冰淇淋給我當小費，不過對我來說，這種收買毫無意義。

我只會基於雙重意義覺得奇怪。

我不會在工作投入私情，也不會左右為難。

這種傢伙，我隨時都能宰掉。

……只不過，這個「隨時」不是現在。

應該說，現在大事不妙。

在這裡被阿良良木月火「看穿」真面目，代表我這個專家沒能把工作做好。

不是基於工作需求將死出之鳥收拾掉，而是為了隱瞞自己的失敗而殺害監視對象。我將會犯下專業人士不該犯的這個禁忌。

專家會嘲笑我。

騙徒會鄙視我。

暴力陰陽師會殺我（明明我已經死了）。

至於臥煙小姐會……我只能瑟瑟發抖。

因此，在這個局面，我只能徹底假裝成布偶。這就像是我身為會動的屍體卻裝死，總覺得我的立場就某方面來說毀了。低階到這種程度的胡鬧，終究不會產生「闇」吧……

「唔～～……？」

阿良良木月火無論做任何事，我都沒有反應（甚至還檢查瞳孔，不過，這招對死魚眼的我無效），雖然她對此感到疑惑，但終於將我放回床上。

「唔～～？唔～～唔～～唔～～……」

阿良良木月火歪著腦袋，意氣消沉地走出房間。看來她沒有接受，不過大概是心態上有個了結嗎？

雖然還不應該草率判斷，總之我還是鬆了口氣。真是的，總是猜不透這個國三女生的行動。

好歹乖乖上學好嗎？

要是我像這樣吐槽，不難想像她會回以「不過一百八十度迴轉很好玩吧？」這種話，我這個做屍體的感到氣餒。

那隻不死鳥，在火炎姊妹解散單飛之後，行為模式磨練得愈來愈自由，應該說難以預測的程度變本加厲。

必須覆寫情報。

調高風險指數吧。

雖然這次似乎成功迴避，不過再稍微研究一下巧妙隱瞞真面目的對策比較好吧……我以灰色的腦細胞（或許真的是灰色）思考各種點子，不過時期還早。

這裡說的時期還早，不是因為現階段還不需要抱持這種危機意識，而是我還沒脫離現狀的危機。

阿良良木月火不久就回到房間。不知為何，她手上拿著鐵製調理盆。攪拌麵粉或打蛋用的那種鐵盆。

為什麼拿那種東西回來？才這麼想，阿良良木月火就把盆裡的東西潑向我。既然我偽裝成布偶，我就無法躲開。

不過，我應該躲開才對。

從刺鼻的味道就知道了。

從肌膚傳來的油膩感就知道了。

難以置信，這傢伙居然朝我潑了整盆的沙拉油。

「恰卡恰卡點火～～」

這個女國中生哼著奇怪的歌，取出火柴。為什麼女國中生的制服裙子放了那種東西？如果是從廚房拿來就算了，她像是平常就會使用般自然取出。

話說……真的很不妙。

這傢伙來真的。

我是屍體，所以沒有實際的「知覺」。無論她怎麼打怎麼踢，或是對瞳孔做什麼事，我都能一直毫無反應。

已死的我一旦裝死，沒人可以看穿。基於這層意義，我甚至騙得過專家。我是屍體的付喪神。不過，唯一不妙的就是被燒。畢竟是屍體，被燒的話可能被淨化歸西。

堪稱唯一對我有效的這個方法，這個外行人為什麼隨便就做得出來？

為了確定自己房間的布偶有沒有生命就放火，天底下可以有這種人嗎？

這種事，連怪異都不會做。

「十，九，八，七……」

開始倒數。

她表情超誇張的。

或許也是因為看到火焰而興奮，但妳這是縱火狂的心態耶？

十幾上，要是朝著全身沙拉油的我點火，我當然會熊熊燃燒，也會造成這間阿良良木家全燬的損害吧。以最壞的狀況，甚至會延燒到鄰宅。

會成為重大火災。

妳是飛緣魔於七嗎？

死出之鳥不是這種怪異啊？

只不過，依照我這半年的觀察，阿良良木月火肯定沒笨到算不出這種結果。火柴的火以及嘴裡的倒數，始終都是心理戰。只是在等待我屈服於她的威脅動起來。

真的是字面所述的「動起來」。

最近的小孩再怎麼易怒，終究不會想燒掉自己家才對……所以在這時候，始終堅持假裝成布偶，肯定是正確的選擇。

沒事的，如果是普通人，面對這種恐怖的交涉手法大概無法保持鎮靜，但我不是人類，而且在怪異之中，也是沒有情感與情緒的類型。

「六，五……」

……只不過，正因為內心鎮靜，所以我被迫理解到，現在的阿良良木月火充滿了不是打馬虎眼或虛張聲勢的真正恐怖。

真的嗎，喂？

這傢伙，該不會抱持著超度布偶的心態要對我點火吧？就某方面來說，這是處置詛咒人偶的正確方式……不，肯定沒事。

即使是當事人，也絕對會認為自己看錯，希望自己看錯。

這種威脅，就像是班上有超能力者，擔心自己被讀心的國中生以「我早就知道你在讀我的心了！」這樣的意念在逞強，兩者是差不多的等級。倒數剩下一秒的時候，她肯定會慌張熄滅火柴的火。

「四……咕呼，咕呼呼……」

等一下？

不過，到了關鍵時刻，這傢伙打算怎麼熄滅火柴的火？明明準備滿滿一盆沙拉油，卻沒準備滅火用的水……她該不會沒看過玩煙火時的注意事項吧？

還有，她在笑什麼？

這是哪門子的笑法？

「三……唔咯咯咯……」

這已經不是女主角的笑法了。

不行，這傢伙怎麼看都沒有準備滅火的手段。做事太不考慮後果了。為什麼要主導這種試膽遊戲？

不對，等一下等一下？

她剛才從口袋取出火柴，不過裙子裡不一定只有火柴。火柴的小火只要一點點水就能熄滅，那麼或許她將水裝在滴管之類的小型容器，藏在制服某處？

沒錯，肯定是這樣。

我差點中計。

不愧是永生的死出之鳥，不愧擔任過火炎姊妹的參謀，真是奸詐。

不過，妳找錯對手了，死出之鳥。

我也是被使用百年的屍體付喪神。

這種人性化的心理戰對我不管用——

「二……唔哇好燙！」

我像這樣看穿她計策的時候，阿良良木月火扔出燒短燙到手指的火柴。

不等倒數完畢。

火柴棒一點火，就會隨著時間一起燒光變短，看來最近的女國中生不知道這個常識。實際上，她是否在制服裡準備滅火手段，就這麼成為不解之謎。也沒有餘力等她發動這個手段。

火柴的火是扔往其他方向，但是油這種東西會揮發，會產生毛細管作用，所以在這個場合，火種就算是落在地毯上也會完蛋。

小火會變成大火。

我迅速撿起剛才打翻在棉被上，內容物還在的冰淇淋杯，利用彈簧床的彈力跳躍。像是以捕蟲網撈起空中的蜻蜓，俐落地用冰淇淋杯接住火柴。

正如計畫，半融化的冰淇淋滅火了。

幸好不是甜筒。

因為會浪費，所以滅火之後，我當然把裡面的冰淇淋連同熄滅的火柴棒享用乾淨，然後著地。

裙子輕盈飄揚，我自己都覺得這次著地的感覺不錯。不過我的襪子同樣沾滿油，所以當場跌個四腳朝天。

「果……果然！布偶果然動了！我沒有看錯！這是怎樣，超恐怖的！呀啊啊啊啊啊！」

看到我的醜態，阿良良木月火發出恐怖的叫聲。大家一起跟我說吧，預備，起。

不，妳比較恐怖。

003

「咦咦～～～？那麼，斧乃木是為了打倒魔物，從異次元來到這個世界的正義魔法少女，為了穿過次元之壁而成為只有靈魂的存在，但是在這個世界戰鬥需要身體，才會附身在我的布偶？」

果然，阿良良木月火對我的說明照單全收。

這是我絞盡腦汁想出的窮極之策。

臥煙小姐吩咐過，不能讓阿良良木月火與她的家人（鬼哥哥除外）發現我的真實身分，也就是說，我身為專家助手，身為怪異的祕密不能曝光，所以只要她誤認我的真實身分，就勉強不算出局吧？我是這樣解釋的。

不過，大概是「躲避球打到臉不算出局」這樣的牽強解釋。

話是這麼說，但我這時候如果自稱是別種妖怪，「闇」真的可能襲擊我，所以我決定自稱魔法少女。

我原本想捏造得更像是鬼哥哥最喜歡的動畫「光之美少女」系列，但畢竟缺乏素養，所以相當隨便地設定了異次元或附身之類的元素，不過這樣好像已經足以讓阿良良木月火著迷。明明直到剛才都以看見怪物的眼神看我（我才想用這種眼神看妳。不過，以看見怪物的眼神看怪物是對的。對於彼此來說都是這樣），現在卻已經以閃閃發亮的雙眼想聽我說下去。

「魔法少女」這四個字不用說，我在前面加上的「正義」這兩個字，似乎也打動她的心。即使火炎姊妹解散，她依然沒失去正義之心。

明明造成天大的困擾。說來真是天大的困擾。

「然……然後呢然後呢？妳來打倒的魔物，是怎樣的傢伙？」

「那個……沒辦法一言以蔽之就是了。」

我還沒設定到這麼詳細。

我的創作能力，不足以回應妳滿心期待的開心話語。

「沒關係沒關係，既然沒辦法一言以蔽之，那就百言以蔽之吧！我這輩子第一次認真聽別人說話！」

原來妳直到現在從來沒認真聽別人說話嗎……妳這十五年是怎麼過的？我覺得一直把這傢伙扔著不管的這家人問題比較大。

「……算是不知不覺就殃及周圍的一種惡意。光是那個魔物存在，就會像是吸引般招來災難。必須在災難殃及這座城鎮之前做個了斷。」

「啊～～這傢伙真壞耶～～」

其實我是以眼前的國三女生當範本，不過她看起來很佩服，所以我就不透露這個事實吧。

好啦，總之已經撐過危險關頭的樣子，接下來就著手收攤吧。要是鋪陳過頭沒辦法收尾也很麻煩。回收伏筆是鬼哥哥的專利。

「那麼，我接下來要去戰鬥了。放心，完成任務之後，我的靈魂會自動被召回原本的次元。這具屍體……更正，這句人偶會回復原狀，歸還到妳的房間。」

我不能放棄監視的工作，所以姑且用這種方式做個圓滿的解釋。累死我也，雖然是意料之外的突發狀況，不過至此成功迴避最壞的事態了。

話是這麼說，但我還不能鬆懈，就這麼維持嚴肅的氣息，準備從房間窗戶出去。我想讓阿良良木月火看見我以魔法少女身分飛翔（看起來是飛翔，其實只是普通的跳躍）的模樣，算是我提供的特別服務。

「那麼，祈求我獲勝吧。為了這個世界，也為了妳所愛的人們。」

道別的時候講這種台詞就行吧？我以依稀記得的知識，煞有其事飾演一名戰鬥魔法少女，然後彎曲雙腿。

「『例外較多之……』」

「給我留步！」

我正要說出招式名稱的時候，她以奇怪的語氣這麼說，往我的膝窩頂下去。

這傢伙玩真的嗎？

就算不知道「例外較多之規則」是怎樣的招式，在別人準備起飛的時候朝膝窩攻擊是多麼危險的事，稍微思考一下就大概知道吧？

幸好，她是在我身體即將膨脹的前一剎那這麼做，所以沒釀成大禍，不過一個不小心的話，阿良良木家的二樓整個消失都不奇怪。

「月……月火小姐，什麼事？」

戰鬥魔法少女的角色設定很籠統，所以連我的語氣都變了。我的角色個性原本就設定得很模糊，後來終於變得莫名其妙，卻因為何神祕的女國中生同房，感覺成為相當不錯的對比。

「呼呼呼，聽完妳的說明，妳以為我月火會悶不吭聲嗎？」

別吭聲好嗎？

我是屍體，是人偶，語氣沒有抑揚頓挫，所以我對於出發受阻的憤怒似乎完全沒傳達，阿良良木月火反倒是輕敲自己的胸膛，抬頭露出得意洋洋的表情。

「既然這個世界有這麼恐怖的魔物，我當然不能放任不管！打倒魔物！我也來幫忙吧！」

「咦……？」

「並肩作戰吧！」

「咦？咦……？」

這種演變是怎樣？

這個話題，還要繼續下去？

不是極短篇嗎？

不用了吧？就和以前一樣，聊一本喜歡的書做結吧？

「……不，敝人可不能為這個世界的居民添麻煩。」

意外的演變使我稍微慌張，語氣變得不是來自其他世界的魔法少女，比較像是浪跡天涯的武士，不過阿良良木月火絲毫不在意這種事。

看來，未曾認真聽人說話的她，今天也沒有認真聽人說話。但我不是人，是怪異。

不對，現在的我是正義的魔法少女。

「這是應該由我一個人完成的工作，所以……」

「不要說由妳一個人！這是我的世界，所以我必須保護！居然說會為我添麻煩，這是不可能的吧！」

或許是我牽強附會，不過她這種說法就某種角度聽起來，像是宣稱這個世界的所有權在她手上。

「附身在我的娃娃也是一種緣分，所以斧乃木，不用客氣喔！已經來不及了啦，因為我已經躍躍欲試了！就算妳不願意，我也會像是強迫推銷一樣成為妳的助力！」

我要讓妳知道，這個世界也有正義使者！

阿良良木月火說出像是預先準備好的這段帥氣台詞。

「不過，我本身就是正義！嘿嘿！」

妳本身不是什麼正義喔。是災難本身喔。

對於這個世界來說，對於我來說，都是一場災難喔。

我好想這麼說，但我硬是忍下來，然後思考。以專家身分，以阿良良木家新成員的身分，也以新手魔法少女的身分思考。

好啦，躍躍欲試的阿良良木月火，究竟會有什麼樣的表現？我想，連她的親哥哥都不知道答案吧。

004

鬼哥哥是否可以稱為阿良良木月火的親哥哥，這在專家之間也沒有定論，不過現在這樣下去，我將會免不了被行刑（這才是我想說的），總之我真的需要編個謊言撐過現在的處境。

我剛才說我不認為自己粗心大意，但我果然粗心大意了吧。看我全身滿是沙拉油，只能說我真的鬆懈了。這次的書名是《愚物語》，我一直以為是「有點笨的女生們鬧翻天！」之類的輕鬆喜劇，不過從頭到尾登場的都是真的不太妙的女生吧？

現在這麼說有點晚，不過在這樣的環境中，鬼哥哥表現得真好。只不過，或許該說因禍得福吧，我因而想起來了。說到不太妙的女生，在近似阿良良木月火的傢伙之中，有一個傢伙還沒登場。

找這個傢伙幫忙吧。

「所以不想被宰的話就幫我吧，千石撫子。」

「咿……咿咦咦咦咦？」

一分鐘後，我離開阿良良木家的阿良良木月火房間，來到千石家的千石撫子房間（兩家距離很近）。

正義魔法少女從冒失敞開的窗戶登場，坐在書桌前面不知道在寫什麼的千石撫子，整個人從椅子往後翻，摔個四腳朝天。

每個動作都好做作……

不過，和早期不同，現在的千石撫子剪短頭髮，穿牛仔褲當居家服，所以她的跌倒不像以往那麼惹人憐愛。當事人應該樂見這個結果吧。

仔細一看，她不是在寫東西，是在畫東西，書桌上的紙是漫畫用的稿紙。

啊啊，對喔。

記得她想成為漫畫家。

只看一頁不能斷言畫得好不好，不過該怎麼說，完全是少女漫畫的風格……講真的，不合我的胃口。

在那之後，阿良良木月火再度上學。應該說是我催促她去上學。反正晚上才要去收拾魔物，既然自稱正義，就應該好好上學……我運用這個邏輯想委婉趕她走，不過意外簡單地說服成功，她回應「知道了！那麼放學見！」，真的是精神奕奕地踏上通學路。

雖然什麼都沒解決，不過光是暫時遠離那傢伙，我就覺得鬆了口氣。光是和這個小女生溝通就累死我也。

說到我想像的後續進展，最理想的是我堅稱「妳上學的這段期間，魔物出乎預料主動襲擊並且被我打倒」，回復為原本的人偶，事件也就這麼不了了之，不過那傢伙應該不會接受這種結果。

我知道的。

在這個場合，對她來說，正義什麼的一點都不重要，她只是盡情享受著「人偶動起來和魔物戰鬥」這個像是動畫的非現實情境。最近奇幻作品確實也是熱門題材，但我沒想到自己隨口編的設定獲得那麼好的評價。

如果得知自己才是最不現實的存在，那傢伙會露出什麼表情？當然，避免讓她得知這個事實，也在我職掌的範圍。

所以，「事情在自己不知道的地方完結」這種演變，阿良良木月火應該很難接受吧。這樣不好。

我不小心埋下的這個伏筆，即使她無法實際參加，至少也要清楚目擊，否則她應該不會退讓。所以我必須以正義魔法少女的身分，在她面前打倒魔物。

……為什麼「魔」法少女要打倒「魔」物？是在自相殘殺嗎？即使覺得自己思考的設定有點矛盾，但事到如今回不去了，這麼一來，必須有人協助飾演這個「魔物」。

適合飾演魔物的人選，我第一個想到的是前姬絲秀忒——「怪異殺手」姬絲秀忒・雅賽蘿拉莉昂・刃下心。在現世的姓名是忍野忍。

是金髮幼女。

那傢伙本身現在看起來不是魔物，不過以她的物質創造能力，至少可以臨時組裝一具怪物出來吧。

問題在於我和那傢伙的交惡歷史久遠，不過那個吸血鬼的個性再怎麼說都還不錯，只要假裝是朋友，還是會接受勁敵的要求吧。這是我個人的猜測。

只不過，我思考沒多久，就放棄找那傢伙幫忙。不提那個吸血鬼，要是事情傳到和那傢伙異體同心的鬼哥哥那裡就麻煩了。

那個戀童癖也有戀妹癖，要是循著這次的事件進行調查，確定我正在監視他的妹妹，那就不太妙了。他應該會基於戀妹癖的本性保護妹妹，也會基於戀童癖的本性好好修理我。

像這樣思考就覺得，不只是前姬絲秀忒，鬼哥哥周圍的人脈大都不能使用。我想過乾脆讓那傢伙陪我進行專家的工作，再謊稱這是在收拾魔物，但因為新的神在前陣子重新坐鎮，現在這座城鎮非常穩定，很難發生怪異現象。不是非常，是日常。

基於這層意義，現在這裡和平得不得了。幾乎只有阿良良木月火是唯一的擔憂。

所以，沒有魔物角色。

我也想過乾脆豁出去，謊稱眼前有個笨蛋看不見的怪物，演一場獨角戲給那傢伙看，不過我此時想到的人選不是別人，正是千石撫子。

阿良良木月火的兒時玩伴，曾經被蛇咬，被蛇纏身依附的少女。換句話說，她體驗過怪異，這部分可以長話短說。

而且她在相關人物之中，是極少數和阿良良木曆斷絕往來的女生。那麼，她堪稱是受邀客串本次事件的最佳人選。

自己打好如意算盤如此決定之後，我這次真的以「例外較多之規則」縱身一跳，拜訪千石家。

順帶一提，千石撫子和阿良良木月火同年，換句話說，千石撫子現在的學籍也是國中三年級，但她現在沒去上學（這是已經確認的事實，是我觀察阿良良木月火的副產物），所以大致料想得到她隨時都在家。

只不過，從她的角度來看，從窗戶跳進來的正義魔法少女，似乎是完全出乎預料的闖入者，整個人從椅子上翻過去，暫時處於混亂狀態。

不過，她終究對異常事態免疫了，應該說具備抗性。

「不……不對，妳絕對不是什麼魔法少女吧？是某種怪異吧？」

她即使害怕，依然這樣吐槽。

「是……油的妖怪之類的嗎？」

唔。

我想說已經乾掉就沒差，所以沒換衣服就過來，不過沙拉油的味道確實留在身上嗎……與其說是乾掉，或許只是滲進衣服裡了。

「可是，妳剛才自稱正義……那麼，妳跟月火有關嗎？」

她意外地眼尖看穿。

應該說，站在她的立場，這種突發又來路不明的災害，成因的候補選項或許只有那個豪邁不羈的兒時玩伴。

不過與其說是候補，那傢伙給人的感覺更像是逮捕。（「候補」與「逮捕」字面上看起來很像，我只是說著玩的）。

即使中途有段時期停止來往，但她可不是平白和阿良良木月火從小學認識到現在，對我來說也可以省下說明的工夫。謝天謝地。

真有必要的話，我打算不惜來硬的也要逼她協助，不過我們對於阿良良木月火的共通認知，應該能以「敵人的敵人是自己人」這個理論，在我們之間建立短暫的羈絆吧。

我原本想的就是這麼簡單。

「啊～～很像月火的作風耶。」

聽完我的說明，千石撫子不太驚訝，就這麼點頭附和。

咦？她的反應真平淡。

有溫差。

感覺沒有共同認真看待這個問題。

大概是我從窗戶跳進來的華麗登場，害她的知覺麻痺吧。

當然，我並沒有一五一十全盤托出。千石撫子沒掌握的死出之鳥各項情報，我都沒有透露。這是專家該做的事。

是專家該做的保密措施。

我主張自己之所以潛入阿良良木家，始終是為了監視阿良良木曆與忍野忍，絕對沒有其他的目的。但是我的真面目可能會被妹妹阿良良木月火看穿，所以前來求助。

提到那兩個類吸血鬼的名字時，她的表情終究有點複雜，不過受到的打擊似乎沒有我期待的那麼嚴重（意思是我想削弱她，以利於在心理層面占上風的作戰失敗了）。

看來比我想像的還要放得下？

若是如此，這也是託阿良良木月火的福吧。千石撫子下山回到城鎮之後，阿良良木月火經常造訪她的房間。

因為太常來，仔細一看，房裡甚至有阿良良木月火專用的坐墊。這傢伙連探視都這麼厚臉皮。

「好，我知道了。我就幫忙吧。」

原本猜測會因為無法共享危機意識而難以交涉，但千石撫子出乎意料很乾脆地答應了。

到頭來，說到我住進阿良良木家的契機，千石撫子在山頂一直修理鬼哥哥也是遠因之一，原本我還想奸詐地企圖拿這件事追究責任試著說服，所以現在覺得有點掃興。

大概是這份失望顯露在表情上（不過我是屍體，所以沒有表情），千石撫子靦腆地這麼說。

「總之，這也是為了月火。」

喂，這傢伙真可愛。

無意義地表現可愛的模樣，對她來說反倒成為自卑要素，也是去年各種事件的開端，不過看她這樣，我不是不能理解。畢竟注意力會一直集中在她的外貌，完全沒把她說的話聽進去。

無論說什麼都贏不過「可愛」。

我是怪物，所以能夠將「可愛」這個感想和其他形象切割出來思考，不過人類應該會在這方面混在一起吧。到最後，沒有任何人看穿這女孩的本質。

現在也是，她嘴裡說是為了月火，卻沒人知道她暗地裡在想什麼。該不會認為可以當成漫畫的取材吧？

總之，我希望她身為一個人，不要失去這種程度的堅強。至少比起「可愛」以外的特質全被剝奪的那個時代，她現在這樣是很好的傾向。

我判斷是很好的傾向。

雖說同樣是「從人類變成怪異」的類型，但我是單向不可逆的怪異，所以忍不住想聲援阿良良木曆或千石撫子這樣的生還者。

不過該殺的時候還是會殺。

千石撫子也是，雖然沒有真的監視，卻肯定是必須「順便」注意動向的警戒對象。

「可是，我該怎麼做呢？雖然我已經不是蛇神大人……但我有什麼地方幫得上月火嗎？」

「有什麼地方幫得上月火」是吧？

這種奉獻的精神，忍野哥哥聽到的話，不知道會說些什麼……感覺她在這方面真的卸下利牙了。

不是自己的利牙，是蛇的利牙。

只不過，雖說時間不長，但她擔任過神明的經驗，使得這次的交涉沒出現任何摩擦，她就這麼輕易接受我的要求。想到這裡，就覺得在這個世界上，幸福的定義是因人而異。

「而且，我最近幾乎沒有出門，所以要是外出太久，可能會晒昏……」

明明講得那麼可靠，不過身體也太弱了吧？

應該說，看來她頗為正式地成為家裡蹲了。我的觀察對象主要是阿良良木月火，所以千石撫子的厭世程度，我只有稍微分心注意，但她這樣在某方面來說，就世間看來是相當嚴肅的問題吧？

「……是不是差不多該開始上學了？別擔心，不會有人在意妳的。」

我一反平常的作風，試著說出為對方（人類）著想的這番話，卻成為出乎意料過分的台詞。我不該做這種不習慣做的事。

「嗯。班上也是，如今好像整合得差不多了。我聽月火說的。」

千石撫子說出不算是回答的話語。雖然我疏忽沒掌握這件事，不過阿良良木月火那傢伙，原來還做過這種調查？調查其他學校內部的狀況，應該不是什麼容易的事吧……

「不過……我現在有該做的事。我認為這是我必須做的事。」

千石撫子一邊說，一邊終於起身。將倒地的椅子重新擺好，手放在書桌——放著漫畫稿紙的那張書桌。

她說的「該做的事」是畫漫畫嗎？

唔……

這是不惜請假也要做的事嗎？我難免這麼想（要是繼續現在的生活，這女生大概沒辦法升上高中），不過，如果對她說不能這麼做，應該也只是極度以常理判斷的「他人忠告」吧。

話說，或許是因為依然蹲著的我就這樣從下方仰望，不過我看到起身的千石撫子，內心不禁冒出「咦？」的疑惑。

這傢伙……長高了嗎？

若以漫畫術語來說，就是背景和透視圖不符……她在神社擔任神明的時候，總覺得應該更矮，給人嬌小的印象……啊啊，我想到了。

這就是發育期嗎？

這傢伙因為活著，所以會發育。

原來如此。

不過，感覺這樣的變化有點急遽。或許也是因為擺脫「可愛」的束縛，促使千石撫子抑制至今的身體開始發育……我以略為冷漠的心態如此分析。

先不說阿良良木火憐，但她的身高或許遲早會超過鬼哥哥。

如果家裡蹲生活反而讓千石撫子健康發育，這也挺諷刺的……那麼，她果然不用勉強自己上學吧。

我沒上學過，不過依照我聽到的各種說法，那種不講理的高壓空間可不是隨處可見。

儘管如此，卻很有規律地劃分空間的樣子，對了對了，跟那個很像。

飼養大量雞隻的那種小屋。

難怪裡面會出現奇怪的傢伙。不需要勉強自己去那裡留下討厭的回憶。

「幫月火的忙，當然也是我想做的事情之一喔。我該怎麼做？」

「啊啊，嗯……記得妳的體內已經沒有蛇神了。」

我說明腹案。

這傢伙腦袋不太好，所以我親切地認為必須說明得簡潔易懂。

「不過，還有別的怪異常駐在妳的體內吧？」

「嗯？是嗎？」

千石撫子詫異歪過腦袋。

她忘了嗎？不對，是沒有自覺嗎？

這麼一來，貝木哥哥處理得真好。不愧是騙徒。

「蛞蝓。」

「咦？」

「蛞蝓豆腐——貝木泥舟用來趕走妳體內蛇神的怪異。我就回收利用吧。」

005

嚴格來說，蛞蝓豆腐近似主體的部分，早就已經脫離千石撫子。這不是多麼強力的怪異，也不是能維持太久的怪異。

這是為了習得圓滑的生活方式，由騙徒以姑息療法植入國中生體內的冒牌怪異，怪異的由來本身也非常籠統。

下山的千石撫子出院時，這個怪異已經幾乎從她的體內排除乾淨才對。不過肯定還留有渣滓。

殘渣。

說得再淺顯一點，就是殘像。

如同曾經被騙徒植入「圍獵火蜂」這種怪異的阿良良木火憐，心理依然背負著蜂的影子，這是必然的後遺症。

基於這層意義，並不是不能找阿良良木火憐協助，不過那個姊姊夾在不死哥哥與不死妹妹之間，卻還要維持人類的日常生活，平常的日子就過得相當驚險，所以不方便拜託他幫忙怪異相關的事。

希望她能夠永遠展現這個奇蹟般的奇蹟。

到頭來，即使我的真面目驚險沒被阿良良木月火發現，要是阿良良木火憐發現我的真面目，不曉得會變成什麼狀況。會影響到我今後的潛入搜查。

為了回復原狀，我還是只能找千石撫子協助。

「為了體驗怪異生活……應該說為了從神明生活復健，當時應該需要那個怪異，但是現在終究不需要了吧？所以，把那個怪異的殘像給我吧。我會把蛞蝓當成怪物，在阿良良木月火的面前除掉。牠很適合擔任這個角色。」

蛞蝓豆腐不是不死怪異，所以不在我的專長領域，總之，如果只是殘渣，我再怎麼樣都能應付。雖然不方便說得像是死要錢，不過這種清理殘渣的工作，由專家出馬是要收費的，但我這麼做是在為貝木哥哥收拾善後，所以就某方面來說算是巧合吧。

基於這層意義，插在阿良良木火憐身上的蜂針，或許總有一天也可以由我來處理。我現在才想到，以那個女孩的狀況，那根針說不定反而協助她預防怪異的過敏性休克。這麼一來，依照第三方的判斷，或許別出手比較好嗎……

「知……知道了……原，原來如此。貝木先生他……」

千石撫子露出複雜的表情。

雖說始終是渣滓，不過這種怪異殘留在體內，我以為她還是會覺得毛毛的，實際上卻不是這麼回事的樣子。

「貝木先生他……最近過得好嗎？」

她問這種脫線的問題。

與其說脫線，不如說擺脫心魔。

也可以說她果然卸下利牙了。

那個事件是騙徒騙她的，她對此知道多少？只不過，想到她或許是明知一切卻故意被騙，就無法一概否認她的這個態度。

「過得很好喔。」我騙她說。

不健康又不祥的那個男人，我從來沒看他過得好。真要說的話，只能說他總是過得很愛錢吧。

「要怎麼拿出來？記得做這種事……需要舉行儀式之類的吧？換穿學校泳裝就好嗎？」

要怎麼樣才能這樣誤會，我甚至感到詫異，但是從千石撫子這番話就知道，她姑且是怪異體驗的過來人。仔細想想，這孩子短短半年就接受兩次除魔儀式，人生也夠坎坷了。

「這方面的步驟要省略……畢竟沒什麼時間了。」

「可……可以省略？」

「我跟忍野哥哥不同的地方，就是沒那麼執著於按部就班。我是通情達禮的傢伙。是只求結果的類型……」

這種強硬作風，承襲自同樣是專家的暴力陰陽師影縫余弦，不過時間可貴，真的沒空講得這麼詳細。要是貿然提及這部分，洩漏姊姊和我是專精對付不死怪異的專家，話題可能會愈講愈深入。

說來神奇，千石撫子好像依然把阿良良木月火當成重要的朋友，所以要是她得知我潛入阿良良木家是為了在必要的時候殺掉阿良良木月火，將會發生超乎想像的摩擦吧。

所以我就這麼閉口不提這部分，站在千石撫子旁邊，從書桌架上拿出一張空白稿紙。

「雖然這麼說，但還是需要進行最底限的步驟……可以在這裡畫一下嗎？」

「嗯？畫一下……？」

「妳擅長畫畫吧？那麼，麻煩在這裡畫一張蛞蝓的圖。蛞蝓滑溜溜的，所以很好畫吧？」

「不……不對，相當難畫耶？因為滑溜溜的所以很難畫耶？」

對於我的要求，千石撫子似乎有些為難。看來因為是造型原始的生物，所以反而難畫。

「而且，為什麼這時候一定要畫一篇以蛞蝓當主角的漫畫？這題材也太新奇了吧……」

「不需要畫成漫畫。畫張角色設計圖就好。」

「角色設計圖……」

「如果畫不出來，也可以由我來畫，不過由妳這個施術對象來畫比較有效。經過這個程序，殘留在妳體內的蛞蝓豆腐，將會轉印在這張稿紙。」

「……就像是把蛇神大人的怪異封印在紙符咒那樣？」

「類似這麼回事……吧？」

那是完全不同的技法，不過外行人這樣解釋算是及格吧。關於那位神明的根源與來歷，某些部分屬於禁忌，所以說明起來有點複雜。

「知道了。那麼，斧乃木小妹，等我一下，我馬上畫好。」

千石撫子說完坐在椅子上，拿起鉛筆。她想從草稿開始畫？其實不必這麼計較品質，只要隨便撇一下就好……

不過，對於創作者來說，「隨便撇一下」應該是禁句吧，如此心想的我，就這麼站在她旁邊等她畫完。

她願意投注心力作畫，並不是什麼壞事……雖然這麼說，不過枯等別人從事創作，真的很無聊。

而且沉默也很尷尬。

這傢伙和之前相比成熟很多（不是外表，是內在），該不會暗中鄙視我是工作出錯的蠢蛋吧？我內心甚至這樣疑神疑鬼。若她以為我這傢伙為了抹滅自己的錯誤而找外行人幫忙，我只能深表遺憾。

我只是想以專業人士的身分，進行天衣無縫的完美保密措施。不過對這個女孩如此深入推敲毫無意義，我很清楚這一點。

所以，為了避免自己胡思亂想，我決定問一些自己沒興趣的問題撐場。

「妳用鏑筆畫畫，自以為是初出茅廬的漫畫家，不過妳去出版社投稿參賽過嗎？聽說比較早出道的人，十幾歲就有編輯負責帶他了。」

「嗯？啊啊，這個，好像用簽字筆畫也可以喔。即使是專業畫家，也有不少人說『到底還要用墨水這種老古董多久？』這種話。」

她回得牛頭不對馬嘴。或許是太專心畫畫，沒聽我說話。

原來不聽人說話的國中生，並不是只有阿良良木月火一人。

「如果改成數位繪圖，我覺得就沒什麼關係了……可是，如果想買好一點的機器，初期成本無論如何都會增加……那個，妳剛才問什麼？」

「我問妳有沒有投稿。最近，聽說不透過出版社發表作品的人也增加了……妳是這一類嗎？」

「啊啊，不。我完全不是那個領域的啦。」

的啦？

「我也試著向出版社投稿過，不過目前沒什麼效果的感覺。我也曾經在網路社群匿名發表作品，但也不是很理想……」

「是喔……」

我只是隨口問問，不過出版社就算了，居然也在網路投稿，記得這個女孩原本交際能力極差，做到這樣算是一大進步吧。

「剛才明明說初期成本負擔很重，不過妳原來有電腦啊。」

「啊，不是那樣，現在連遊樂器都可以上網，而且遊樂器的硬體規格，反而可能比普通的電腦好……只是想到要正式改成數位作畫，就遲遲下不了手……」

「………？」

我有點跟不上她的話題。

幸好蛞蝓圖快畫完了，所以我負起責任，回應「哎，也就是說，世間沒這麼順心如意吧」為自己開的這話題做結。

「嗯，是啊。」

千石撫子放下鏑筆，朝網點紙伸手。妳這混蛋，居然還想貼網點？

要是扔著不管，她可能連背景都會慢慢刻，但她無視於我的這份擔憂，以美工刀削起61號網點。

「世間沒這麼順心如意。」

她說。

「對此，我覺得好高興。」

昔日人生順心如意，甜蜜到像是蜜漬水果的甜點少女這麼說。

006

正義魔法少女和蛞蝓怪物的決戰地點，選定在熟悉的浪白公園。沒有什麼原因，只是因為我不知道其他合適的場所。

如果要找四下無人的開闊空間，北白蛇神社也是一個選項，不過那邊的神和鬼哥哥是好搭檔，恐怕會把我的動向報告給他知道。

新人（新神？）腦袋固執不好通融，真是傷腦筋。我很想忠告她，處理事情的手腕必須更圓滑一點，否則無法好好維持城鎮這個社群的運作。

總之，遊樂器材少的夜晚公園廣場，是無從挑剔的舞台。雖然覺得不需要，但是姑且架設結界，以免外人干擾吧。

對舞台架設結界的過程特地做給阿良良木月火看，應該能滿足她的好奇心到某種程度吧。

說到阿良良木月火，前來支援正義魔法少女的她，不知道誤會了什麼，身穿像是黑色褲裙的弓道服前來。

她確實平常都是穿和服（是個過於喜歡和服所以加入茶道社的怪胎），不過這次居然穿褲裙……想像自己是戰鬥美少女嗎？

她穿這樣在深夜街上徘徊，不會被當成美少女，只會被當成可疑人物。

只不過，我詢問她本人之後，得知這不是弓道服，是練薙刀穿的服裝。她是從學校的薙刀社借來的。

不愧是私立學校，有這麼罕見的社團。

不過，問題在於她不只是借了道服，連薙刀都借來了。而且這怎麼看都不是社團活動使用的竹製假刀，是確實開鋒的真刀。

「斧乃木，這樣就做好支援妳的萬全準備了！我會自己保護好自己，所以妳不用在意我，儘管戰鬥吧！」

光是拿著沙拉油，看起來就那麼令人提心吊膽的阿良良木月火，如今手拿號稱刀劍界最強候補的薙刀，即使是身經百戰的我，看到這幅光景也暫時語塞。

我很在意。

妳說妳會自己保護好自己，但我才想從妳的手中保護好我自己。

雖然這次的事件源自於我的粗心大意，不過換個想法，這是和阿良良木月火直接打交道的絕佳機會，換句話說，這是可以潛入她內心深淵一窺究竟，令我喜出望外的大好機會，不過老實說，我已經不想深入研究這傢伙了。

真是的，雖然我的個性問題也很大（我有這份自覺），不過難怪臥煙小姐要命令我當臥底。如果不能把這份不耐煩的感覺和工作完全切割開來，應該沒辦法貼身監視阿良良木月火吧。

「……拜託妳的東西，妳帶來了嗎？」

雖然這麼說，即使可以切割，我也沒有徹底死亡到完全不在乎這一點。討厭的事情趕快做完吧。如此心想的我，決定不再提及她的裝備，一抵達浪白公園就迅速推動劇情前進。

「帶來了喔～～從廚房拿的～～因為還有庫存，所以拿了我的分跟妳的分，總共兩人分～～不過，鹽巴究竟是拿來做什麼的？」

阿良良木月火一邊詫異這麼問，一邊從懷裡取出兩瓶食鹽。我瞎掰的那些設定，使得阿良良木月火將這個事件當成外國的奇幻設定，所以明明穿著和服，卻沒想到鹽巴是用來驅魔的物品。

「依照我的調查，怪物好像躲在這座公園的某處。不過，怪物會對鹽巴起反應，所以請妳朝著可疑的地方灑鹽好嗎？」

即使不是這樣，但對手是蛞蝓。

會對鹽巴起反應。

身穿薙刀服，在夜晚公園到處灑鹽的女國中生，已經比可疑人物還嚴重了，不過為了勉強讓她擁有「參與感」，這是必經程序。

再怎麼嫌煩，也不能像是從千石撫子體內拉出蛞蝓豆腐的後一樣省略步驟。聽說在最近的娛樂節目，這種「參與感」非常重要，或許今後的專家工作也會像是這樣，朝著重視演出的方向持續進化。

我可跟不上這個風潮。

「那麼，我從那邊的鞦韆開始，妳從……沙地那邊開始吧。」

「收到～～啊哈哈，朝沙地灑鹽，感覺很像相撲力士耶～～」

阿良良木月火興奮地說著這種話，並且乖乖走向和滑梯共同設置的沙地。

她很可能毫無理由就在這時候反抗說「不，我要從鞦韆那裡開始！」，總之是個猜不透反應的傢伙，所以她這麼聽話令我鬆了口氣。

說到我為什麼派阿良良木月火去沙地，因為我在白天的時候，預先把千石撫子畫的蛞蝓圖埋在那片沙地。

這樣有點加速劇情進展，不過必須早點讓她發現「異次元的怪物」。

無論她架著薙刀還是抱著沙拉油，我終究不會讓外行人一起收拾怪異，不過讓她看過架設結界的光景，目擊怪物因為自己灑的鹽而從沙子裡出現的話，應該就造成十足的「參與感」了吧。再來只要我（趁阿良良木月火沒做多餘的事情之前）打爆蛞蝓就好。

後來，正義魔法少女的靈魂將回到異次元，阿良良木月火身旁只留下一具回復原狀，不會說話的布偶。

以即興創作的水準來說，這樣的故事還不錯。

雖然我說要從鞦韆那裡開始，不過朝鞦韆灑鹽只是浪費物資（可能會被當成惡質的惡作劇），所以我悄悄跟蹤阿良良木月火。

她嘴裡那麼說，但我擔心她是否真的乖乖朝沙地灑鹽。以那傢伙的狀況，極端來說，也可能不知為何忽然冒出什麼點子，做出打開瓶蓋吞鹽巴的奇特行徑。

實際上，現在我所看見的阿良良木月火，雖然沒有打開瓶蓋，卻先將鹽巴灑在自己手心，做出這種奇妙的舉動。雖然我詫異這是在做什麼，但她好像只是想實踐「很像相撲力士」這句話，使勁將手上的這把鹽灑在沙地。

真是的，一時之間還以為會發生什麼事，不過看來可以順利結束。我這次冒失犯錯的善後工作，至此克服了最大的難關。

埋在沙地的千石撫子畫作（到最後，畫完背景的千石撫子開始畫起分鏡，所以我半強迫收走），和鹽巴產生化學反應……應該說產生化物反應，突然捲起沙塵現身的蛞蝓，只要立刻被我打倒，這齣戲就能在掌聲中落幕。

……雖然不是因而鬆懈，不過我在這個時候，忽然間，終於想到千石撫子那番話的意思。

世間沒這麼順心如意。對此，我覺得好高興。

聽到這段話的時候，我以為她只是在虛張聲勢。懷疑這孩子外表乖巧，其實或許是變態超級被虐狂，有點不敢領教。

這種逞強或嗜好，她應該並不是完全沒有吧，但我事到如今才察覺，那段發言的根基，是完全不同類型的意識形態。

是的，那應該是所謂的「人生價值」吧。

有人說不快樂就無法努力，不過，如同飛機要有適度抵抗的逆風才能起飛，凡事順心如意被寵壞的甜蜜人生，會讓人不知道自己究竟真實活著，抑或只是在做夢。

人生再怎麼得天獨厚，即使含著金湯匙出生，即使擁有才華洋溢的智慧或體魄，人們依然同樣抱持某些不滿或不安一起活下去，這並不只是因為貪心，或許是因為必須抱持這種不滿或不安，才能實際覺得自己活在世間。

所以，會尋求人生價值。

要求人生具備適當的難度。

「…………」

哎。

雖然講得煞有其事，不過我早就死掉了，所以這是我完全無法理解的情感。

聽到「人生價值」或「生活方式」這種字眼，我只覺得在閱讀艱深的書籍。只條列出這些字句，我也完全讀不到心裡面。畢竟我沒有心。

……那麼阿良良木月火呢？

雖說沒有自覺，不過那傢伙是不死的怪物，是永遠的不死鳥，從這個人轉乘下一個人，從這個人接駁到下一個人，大概會和人類攜手同行到人類滅亡，是唯一具備這種永恆性質的怪異——鳳凰。

我姑且也曾經活著。

雖說那個時代的經歷完全沒留在腦海，卻也有一段時間生而為人。因此可以實際感受到什麼是「生」，什麼是「死」。

知道生如夢幻，死算不了什麼。

鬼哥哥也知道。

前姬絲秀忒也知道生死的差異。

但是，不死鳥呢？

對於活著是天經地義，除了活著之外什麼都沒有的傢伙來說，他們知道自己是活人還是死人嗎？

不想要永恆的生命，即使生命有限，我也想以人類的身分成就人生……這是英雄主義的自我陶醉（鬼哥哥大概會講類似的話），不過這種台詞，聽在真正擁有永恆生命的傢伙耳中是什麼感覺？

聽起來大概是殘酷至極，侮蔑至極吧。

「呀啊啊啊啊啊啊啊啊啊啊啊啊啊！」

我無意義思考這種無意義的事情時，響起阿良良木月火的尖叫聲。這傢伙為什麼只有尖叫聲聽起來像是可愛的女生？如此心想的我抬起頭。

雖說克服了最大的難關，但其實還殘留唯一的不安要素。我設定為異次元怪物的蛞蝓怪異，外行人看見不知道會產生什麼反應。

這是內行人喜歡的怪異，所以忍野哥哥或貝木哥哥應該會喜歡，但蛞蝓畢竟是蛞蝓，看起來沒有恐怖到哪裡去，而且女生看見的第一反應是「噁心」，或許會覺得怪物長這樣令人期待落空或掃興。我原本隱約擔憂這一點，不過從結論來說，是我多心了。

到頭來，想以肉眼看見怪異，一般來說都需要技術。即使在灑鹽之後顯現，要是阿良良木看不見顯現的怪物就沒意義了。所以我才多費一番工夫，不只是把蛞蝓複寫到紙上，還讓千石撫子畫了蛞蝓的圖。

這張圖立體化，突然從沙子裡出現，就是我所構思的劇情最高潮。

不過，該怎麼說……不只是立體化，還巨大化了。

由千石撫子作畫，像是吉祥物造型的這隻蛞蝓，以全長數十公尺的規格爬出沙地。

滑溜溜的簡單造型，就某些角度來看是可愛的蛞蝓，若是大到這種程度，還是會煽動人類內心的恐懼，即使不是阿良良木月火也會放聲尖叫。

會縮起身體，完全無法思考。

只要是人類都會這樣吧。

幸好是我。

我的驚訝與恐懼都完全從行為切割出來，情感一點都不會影響舉止，如果不是這樣的我，應該會被這巨大的體積吞沒吧。

「例外──」

我沒變更計畫，朝著化為實體的蛞蝓軀體打過去。

阿良良木月火被眼前站起來的驚人光景嚇到僵住，在這個場合，可以說是開心的失算。她不會造成妨礙，幫了我一個大忙。

不過，出現的怪物明明預定是推車大小，為何現在出現的是體積接近大樓，一個不小心可能會從公園溢出的蛞蝓豆腐？理由非常明確。

不用說，是因為千石撫子的畫功。

我以輕鬆的心態，拜託她隨便畫一張看起來像是蛞蝓的圖就好，不過無論是什麼形式，她都有一段擔任神明的經驗，我不應該拜託她做這種事。很遺憾，我必須承認這也是我的過錯。

不是以繪圖技法，而是以漫畫技法精細描繪背景，所以一旦立體化，透視結構就會失準，出現相對來說比較大的蛞蝓。不只如此，這也代表千石撫子的畫筆擁有此等能力。雖然現在還沒有結果，但她或許意外地成為大放異彩的漫畫家。

或者是專家。

「較多的——」

早知道選擇阿良良木火憐的蜂比較好……雖然我悔不當初，不過，這時候應該認定幸好貝木哥哥使用的是蛞蝓。

如果是蛞蝓，即使巨大，也只不過是巨大。

別說應付不來，一根指頭就綽綽有餘。

「——規則。」

就像是竹籤刺穿棉花糖的感覺，我以自己的指尖刺穿蛞蝓豆腐的中心。以自己肥大化的食指，刺穿巨大化的蛞蝓。

對方沒什麼抵抗就四散。

蛞蝓的身體四分五裂，飛散到公園各處。這幅光景相當驚悚，總之雖然發生一些意外，但還是按照預定計畫做個了結了。

我看著像是雨珠掉落的蛞蝓碎片，朝著依然僵住的阿良良木開口。

「謝謝。多虧妳的協助，我成功打倒怪物了。」

這麼沒誠意的道謝應該也很少見吧，不過我是屍體，期待我有精湛的演技才奇怪。

不提這個，我打算順勢趕快總結現狀之後落幕。不過，身為專家不該這樣求快不求好。

我在這次從一開始就不斷失敗，應該說不斷誤判，但我最大的敗筆在於急著落幕，少了收招的步驟。至少在噴飛的蛞蝓碎片全部落地之前，我應該維持戰鬥模式。

我究竟怎麼了？

奇怪。以前沒發生過這種事。

「斧乃木！後面！」

身體僵到現在的阿良良木月火，總算說出口的是這句話。這個聲音使我反射性地（明明死掉卻有反射動作）轉過身去，不過我轉身的速度只差一點才趕上。

位於那裡的，是巨大的蛞蝓豆腐。

復原成為原本的形體。

實際地，真實地存在於那裡。

慢著，等一下，蛞蝓不是這種生物吧？如果只看形狀確實相似，但牠不是渦蟲之類的生物，所以肯定沒有再生能力吧？

不過，到頭來，認為怪異「不是這種生物吧？」是比外行人還不如的感想。雖然是蛞蝓，但畫在那張紙上的是蛞蝓豆腐。

我體認了。

牠那黏滑的表面，像是集中砲火般噴射火焰。別說蛞蝓，這是無法從生物的生態想像，近乎妖怪，真的是最稱職怪物的反擊。我體認了這一點。

不，我想躲的話躲得掉。

不過，阿良良木月火在我背後，我不能躲。阿良良木月火的真面目是死出之鳥，中了蛞蝓的火焰也絕對不會死，但她如果因而得知自己的真面目就糟了。

與其這樣，我擔任防火牆還比較好。我自認這個判斷很酷，不過即使判斷本身很酷，如前面所述，我是屍體所以很怕火，而且如前面所述，我全身都是沙拉油。

說到燃燒起來的樣子，簡直是小規模的營火。火焰瞬間籠罩全身。

「斧……斧乃木！」

阿良良木月火如此大喊，為了避免殃及她，完成防火任務的我匆忙向後跳。放心，雖然處處失算，不過懊悔的心情也從我的行為切割出去。

即使犯下無法迴避的失誤，也總是能採取正確的行動，這是我的優點。不會被失敗拖累。總之我在地面打滾，試著盡快滅火。

不是普通的打滾，是不時使用「例外較多之規則」的超高速旋轉。這副模樣稱不上體面，但是在緊要關頭顧不了那麼多。

現在不是耍帥的時候，真的可能因為這種荒唐的事件升天。這種諸事不順的感覺是怎麼回事？

這當然也是我的失誤。

蛞蝓是我專長範圍以外的怪異，我卻和牠以對等條件交戰，這是我的失算。尤其是火焰，這也太超乎我的計算了。

因為千石撫子為了呈現立體感，在蛞蝓身上貼網點並且刮出火焰特效所造成的（為什麼技術高超到這種不必要的程度？）。我應該可以單純這樣解釋，不過一般來想，應該是蛞蝓豆腐有某些我不知道的經歷吧。

說到蛞蝓以及火焰，是那個嗎……

自古以來，驅除蛞蝓的方法除了灑鹽，還有可以燒香用煙薰，這是食鹽屬於貴重物品時的遺痕。說不定是和這方面的由來有關？還是說關鍵字在豆腐，像是烤豆腐或湯豆腐之類的……

這麼一來，這個怪異比我預料的還要凶惡，應該說把我剋得死死的。物理攻擊無效，而且全身分火，反倒只能認定這是為了除掉我這個怪異而誕生的怪異。

考慮到牠是源自貝木持有的人造怪異，也可能真是如此……那個騙徒隨時擁有收拾我的手段以防萬一，也沒什麼好奇怪的。

是的，沒什麼好奇怪。

明明沒發生任何奇怪的事，卻這麼不順遂，落得這副德行。絞盡腦汁想出來的各種點子，都完全沒產生效果，這簡直是鬼哥哥或千石撫子遭遇過的風波吧？

只要和阿良良木月火有所交集，就會變成這樣？

總之，就算這麼說，我也不能半途而廢。無論是被剋還是天敵，自己的爛攤子都要自己收拾乾淨。

即使全身燒傷，我也好不容易滅火完畢，立刻面對蛞蝓豆腐的龐大身軀……我原本要這麼做，然而當我轉頭看去，異次元怪物已經不見了。

咦？

喂喂喂。

我打滾的這一小段時間，究竟是發生什麼事，才能讓我找不到那隻巨無霸蛞蝓？牠的體積大到就算看其他地方也會出現在視野範圍耶？

這個疑問的解答只有一個。我立刻知道答案。

在正上方。

抬頭一看，在公園的上空，白嫩蛞蝓飛到好高的位置，巨大的身體看起來變得好小。我完全不知道牠是怎麼跳的，不過看來牠想使用最原始的軀體攻擊，以牠的重量壓扁我。

只是軀體撞擊還好，但牠在這個狀態噴火就慘了。我要是在動彈不得的狀態被焚燒，這次真的會燒得精光。

明明沒做事卻燒得精光，我絕對不要落得這種下場。我迅速閃躲。

只不過是笨重又毫無巧思，單純從高處落下的軀體撞擊，斧乃木余接再怎麼不斷出糗，也沒有落魄到無法躲開這種攻擊。

瀟灑閃躲，然後開始反擊吧。

幸好我有法子。我手上阿良良木月火拿來的食鹽瓶。雖然我原本沒要使用，不過既然對方是蛞蝓，即使身體龐大，鹽也肯定有效。

姊姊應該討厭這種奸詐的手法吧（真要說的話，這是忍野哥哥的手法），但我的強項就是在這種時候不會執著，不會堅持立場，會臨機應變選擇最合適的手段……

「斧乃木，危險！」

我被撞開了。

企圖反擊，計算千鈞一髮躲開的時間點，將注意力集中在正上方的專家我，被外行人阿良良木月火從側邊撞開。我的重心已經放在單腳，所以即使是女生柔弱的臂力也能輕易推動，我再度在地面滾了好幾圈。

不，我的事情不重要。

無論如何，我已經離開蛞蝓豆腐的著地位置，所以還好。然而這也意味著撞開我的阿良良木月火，完全進入這個著地位置。

在千鈞一髮的時間點跑進來。

妳這笨蛋，明明剛才看到怪物的形體嚇得動也不動，為什麼在救我的時候，動作就這麼乾脆？

我還來不及吐槽，阿良良木月火嬌小的身軀，就被巨大蛞蝓的肉塊壓扁。

應該不會是「壓成薄片」這種漫畫般的表現吧。無法想像蛞蝓龐大身軀底下是何種慘狀。

要是被蛞蝓壓扁，要是被豆腐壓扁，人類會變成什麼樣子？就像撞豆腐角自殺，結果真的死掉那樣嗎？

當然，阿良良木月火幫我挨這一下，並沒有預先備好任何自衛手段。是一如往常不顧後果的失控。

不知道我是屍體。

也不知道自己是不死之身。

理所當然般捨棄自己的性命。

「……簡直是阿良良木曆。」

不過，這下棘手了。

不只棘手，是最壞的事態。

之所以這麼說，是因為我被撞開的時候，拿在手上準備的食鹽瓶掉了。我的祕密王牌，如今和阿良良木月火一起埋在蛞蝓下方深處。

這是開玩笑的吧？

阿良良木月火覺得正確而採取的所有行動，她的所作所為全部成為反效果。人類覺得正確而做的事情，會弄巧成拙到這種程度嗎？

不對，就說她不是人類了。是不死鳥。

沒有活著的實感，所以沒有危機意識；沒有危機意識，所以一般來說可以迴避的災難或災禍，必然接踵而來。既然這樣，與其說阿良良木月火是瘟神，不如說她本身就是「氣袋」嗎？

不，考察是之後的事。在這個逆境分析事情，和逃避現實沒有兩樣。現在必須思考如何對付蛞蝓豆腐。我切換自己的心情。

不過，即使切換心情，這種心情也和我的行為切割開來。或者說，這只是極為冷靜地分析現狀——「無計可施」。

無法逃避現實，也無法逃避現場。

不是因為不能把壓成肉餅的阿良良木月火留在這裡。不是這種人道主義。應該切割這種心情，不顧一切，不惜讓所有真相曝光，也要去向鬼哥哥求助，這才是體內無血無淚的屍體應該遵循的教戰守則。但我做不到，因為火焰焚身的傷害相當嚴重。

我身負重度又深度的燒燙傷。

這具已死的軀體，原本就有許多部位損毀。現在這樣，無法使用將身體肥大化的身體操作術「例外較多之規則」。

別說高速攻擊，甚至無法隨心所欲高速移動。剛才阿良良木月火那一撞，完全成為臨門一腳。

面對熊熊燃燒的巨大蛞蝓，我無計可施，束手無策。束指無策。

……哎，算了。

雖然束手無策，不過算了。

我看開了。

我連做惡夢都沒想到，自己會迎接這麼脫線的末日，但我連這種自虐也切割出去。

身為專家該做的工作，我連保密措施都沒做好，不過老實說，這不是最差的結果。即使演變成這種事態，即使被壓得粉身碎骨，阿良良木月火也不會死。即使粉身碎骨引發塵爆屍骨無存也不會死。因為不死，所以不會死。會從火焰裡從容復活。

沒有因為我的疏失而失去觀察對象。這是專家最底限的風險管理。感應到我燃燒殆盡的臥煙小姐，遲早會把這隻失控的蛞蝓豆腐處理掉吧。
身為屍體，我毫無眷戀。
我以臥底身分，盡到最底限的責任了。
我如此判斷，斷然死心。不過這始終是冷靜的判斷，絕對不是心情。
不是我的心情。
哎呀哎呀，該怎麼說，這是嶄新的發現。
以冷卻的判斷力，觀察自己冰冷的心情，覺得耐人尋味又有趣。若是好笑，就值得冷笑。

即使是早就死掉的屍體，居然也會抗拒死亡，覺得好害怕——

就在這個時候。
啪噠！
摺疊了。
摺疊的不是蛞蝓，是空間。眼前的光景簡單明瞭到只能這麼解釋。
實體化的蛞蝓豆腐，從兩端朝著中央「啪噠」一聲闔上。
立體造型其實只不過是平面圖像——如同這種騙小孩的錯覺手法被不識趣地揭

露，怪物在半空中消失了。即使灑再多的鹽，蛞蝓也不會以這種形式消失吧。到頭來，蛞蝓即使被灑鹽，也只會失去水分縮小，不會消失得這麼一乾二淨。怎麼回事？

只是，實際上，蛞蝓豆腐消滅了。

毫無徵兆，毫無伏筆。

留在原地的，只有被巨大怪物的重量壓爛，和地面混合的阿良良木月火肉片。

我看見討厭的光景了。

無法理解的事件，無法判斷的現象，使得我不知所措。

「斧乃木小姐，這樣不像妳喔。」

此時，沙地方向傳來這個聲音。

轉頭看去，位於那裡的是神。

這座城鎮的神——新的神。

綁著雙馬尾，背著大背包，少女外型的神。這位神的名字是八九寺真宵。

真宵姊姊。

「再怎麼對付那個立體，終究不是主體。妳該鎖定的是平面吧？」

說出這番話的少女手中，推測是從沙地挖出來的漫畫稿紙，工整地往內側對摺閉合。

未來人氣漫畫家畫的可愛蛞蝓圖，在對摺之後看不見了。封住了。封印了。

「…………」

原來如此。

即使化為實體，變得巨大，原本終究是一張紙。被「正義的魔法少女打倒怪物」這個虛構設定束縛的人不是阿良良木月火，反倒是我。

這麼簡單的事……我為什麼沒想到？

我愣在原地，真宵姊姊得意洋洋地挺胸。

「呼呼呼。妳好像想要祕密進行，不過好抱歉，我是君臨這座城鎮的神。隨時都會守護到每個角落喔。」

她說「每個角落」是誇飾吧。

對了，這也是我現在才想到的，不過仔細想想，我選擇這座公園當舞台也是錯的。因為，這座公園和祭祀蛇神的北白蛇神社關係密切。

設置結界只是白費力氣。

如果想瞞著真宵姊姊行事，不只是要迴避她居住的北白蛇神社，基於同樣的道理，也必須避開這座公園。不過，看來正是這個失敗救了我。

「我原本想說不能妨礙專家工作，不過城鎮面臨危機，好友有難，我可不能袖手旁觀。所以我就不小心插手盡綿薄之力協助了。換句話說……」

身為蝸牛又是蛇的八九寺真宵，將封印蛞蝓的對摺稿紙摺得更小，咧嘴露出神聖的笑容，俏皮說出像是她招牌台詞的這句話。

「抱歉，我手誤。」

007

大概是口出妙言，對自己的優秀表現感到滿意吧，真宵姊姊保證不會把這次的事件告訴鬼哥哥，然後回到山上。回去時，她將摺起來的稿紙塞進背包。

乾脆撕掉不是很好嗎？我原本這麼心想，不過對於蝸牛神來說，蛞蝓或許像是眷屬吧。她也有很多怪異朋友，或許施政的時候不只是對人類好，也會提醒自己要對怪異好。

總之，難得請千石撫子畫的圖撕掉也很可惜，而且功勞都在真宵姊姊那裡，從頭到尾只有失敗的我，不應該基於私怨插嘴。

對不起，我不該說您腦袋固執。

其實很柔軟嘛。不愧是軟體生物。

不用說，粉身碎骨的阿良良木月火，在我和真宵姊姊討論如何善後的時候復原了。薙刀服變得破爛又沾滿泥濘，但她本應同樣被磨爛的肌膚完全沒受損。

居然還睡得那麼香甜。

如果我是普通的專家，在這個事件的結尾，或許會被她挺身救我的自我犧牲行為感動，在之後觀察的時候放水，不過以我的個性，這種恩義或是欠人情的感覺，完全不會影響我今後的工作。

應該說，我心情上還是很火大。

仔細想想，我之所以燒得比平常旺盛，追根究柢是因為那傢伙潑我沙拉油，而且事後無論怎麼分析，如果單純只是我失敗，並不會演變成這種事態。

愈想彌補，事情就愈加惡化，想到這裡就發現，阿良良木月火被壓扁失去意識的瞬間，就像是機械降神般出現救星輕鬆解決問題。無論誰怎麼看，事件的原因在何處都顯而易見。事件的原因在誰身上都是自明之理。

證據充足，某些專家光是得知這次的事件，就可能將死出之鳥指定為危險怪異，編組討伐部隊進行消滅任務。

是繼全盛期姬絲秀忒·雅賽蘿拉莉昂·刃下心之後的大獵物。

只不過，我之所以沒向臥煙小姐這樣報告，是基於合理的原因。基於高度專業意識，我當然想粉飾自己出糗再出糗的各方面失誤，不過更重要的是我在這次確定了關於死出之鳥的新發現，成為我打消念頭的原因。

總之，我趁阿良良木月火熟睡時送她回阿良良木家，花一整晚處理好自己全身燒燙傷的屍身回去，抱著一絲期待，希望她把這一切當成一場夢，在觀察對象的房間若無其事偽裝成布偶，結果到了第二天，阿良良木月火別說將前一天的事情當成一場夢，甚至還忘得一乾二淨。

她一如往常把我當成等比例的布偶對待，從她的態度來看，反倒是我以為昨天的事件是一場夢，滿腦子莫名其妙。

以前，我將阿良良木月火上半身打碎的時候，她之所以不記得，始終是因為沒認知到我的攻擊，之所以失去那一瞬間的記憶，也是因為那是還沒存入大腦深處的短期記憶。以往都是這麼解釋的。

不過，這次的阿良良木月火，不只是忘記短期記憶，還忘記幾乎整整一天的記憶。而且像是經過理想的剪接編輯，關於會動的布偶、正義的魔法少女、巨大的蛞蝓以及自己被壓扁的事實，她全部忘記了。這可不能只以「因為死亡時的打擊而忘記」來解釋。

這種失憶太神祕了。

不過，要是斬斷這種混亂的心情，以專家的角度分析，那麼她失去記憶的原因很單純。不是「因為死亡時的打擊而忘記」，是「忘記死亡時的打擊本身」。

兩者的意思不同。

身體的傷與內心的傷——世間會以這樣的說法來比喻，例如「身體的傷看得見，但是內心的傷看不見」之類的。

內心的傷——也就是所謂的心理創傷。

只是實際上，這並非僅止於比喻的程度，甚至有醫生專門治療這種傷。身體的傷與內心的傷，兩者的差異沒有想像中大。

昔日受虐的記憶，動不動就重新浮現在腦海，影響到後來的人生，這是每個時代或多或少都會出現的普遍症狀。往事成為後遺症，深深植入個性的核心，讓人生的道路更加難走。

覺得「難受」的心理，甚至可能將一個人逼上自殺的絕境。這可不是什麼極端的例子。內心的傷無疑可能成為致命傷。

既然這樣，就非得治癒這道傷口才行。

是的，死出之鳥。

永恆的怪異——不死鳥，甚至連內心的傷都能完全治癒。活在世間可能會成為障礙的記憶，悉數從腦中排除得無影無蹤。

像是布偶會動，正義的魔法少女，巨大的蛞蝓，壓得粉身碎骨的經歷等等，將這種荒唐無稽的回憶留在腦中，會妨礙到今後的人生。

所以一旦判斷超過承受的極限，刻下這種反常記憶的腦細胞就會重置，回歸白紙。這是能夠忘記種種不如意的美妙記憶力，應該說是自動封印心理創傷的自衛能力。

實際上，在這座城鎮，也有個特異的天才以這種方式，將討厭的回憶全部塞給另一個人格，讓自己一直保持純白無暇。也有個特異的鬼才粗魯將手指插入記憶，隨心所欲地調整。

這種特異的自淨作用充分運作，使得阿良良木月火今天也活蹦亂跳。正因如此，所以阿良良木月火永遠沒有長進，不斷重蹈覆轍。

無論過多久，都會持續犯下危險的失敗，而且這些失敗只會堆積在周圍。堆積，淤積，成為新的火種。

熊熊燃燒的不死鳥。

而且火焰的焰心，會將連續犯下的失敗一筆勾銷，最後像是焦土般不留痕跡起飛，從頭繼續永遠活下去。

……好恐怖。雖然恐怖，卻耐人尋味。耐人尋味，意義深遠。

至少可以設定緩刑期間，從至今不曾使用的觀點，繼續觀察她的生態一段時間。她擁有這種程度的學術價值。

此外，她也順帶把我的失敗忘得一乾二淨，我將此視為自己走運，所以我決定保留這次的事件不向上層報告。

這樣的判斷，說不定也是被阿良良木月火影響的錯誤判斷——我之所以這麼想，或許也是死出之鳥的自衛能力使然。

但是，無論如何，今天我就放她一馬吧。

繼續觀察。

無從知曉的生態，終於稍微揭開神祕的面紗，所以就繼續保護觀察這個天然紀念物吧。

所以，為了避免今後犯下相同的錯誤，我決定趁早消化蘿莉控慰勞我的冰淇淋庫存。確定觀察對象上學之後，我從冰箱悄悄拿來冰淇淋杯整齊排列在床上，依序享受五種口味。

「呀……呀啊！不知為何沒興致去學校，所以在上學途中一百八十度迴轉回家一看，我的布偶居然在吃冰淇淋？」

此時，回到房間的阿良良木月火，和昨天一樣大喊。

……正義的魔法少女，第二部。

沒有長進，重蹈覆轍。

沒關係。下次我打死都不會失敗。

後記

俗話說愚者和天才只有一線之隔，聽到這種說法就會跟著這麼認為，不過按照常理思考，不得不判斷愚者與天才是完全不同的兩種人。忍不住想說世間沒有比常理更重要的東西。不過如果不按照常理思考，這裡說的一線之隔或許不是指愚者與天才本身，而是他們遭受的對待。不被周圍理解而被當成愚者的天才在歷史上不勝枚舉，反過來的案例也很常見。天才沒被當成天才就無法成為天才，愚者只要被吹捧也可能成為天才吧？總之，如果不是以形容上的天才或比喻上的愚者，而是以實際存在的本身來思考，這果然不是絕對值，是相對值，最重要的條件在於「屬於少數」，兩者同樣在集團裡處於相當不利的立場。所以，天才最需要的應該是「得到周圍理解的才能」吧？不被無理解或是不理解壓垮，能夠獲得支持的才能……講得更坦白一點，就是能獲得贊助的才能？這麼一來，一般人想像中那種發揮天分自由任性過生活的天才其實不存在，實際上，他們到最後都一直在思考「博取眾人好感」的方法吧？反觀愚者，或許是盡可能不被周圍理解，飾演神祕兮兮的自己，得以偽裝成天才。既然這樣，愚者和天才只有一線之隔，總歸來說都是多虧了支持他們的各位吧（一語雙關）。

總之，本書是以三個愚笨女孩為主角的故事集。老倉育、神原駿河、阿良良木月火。她們各自具備不同的愚笨性質，體現獨自的愚笨風格，她們輕浮的失敗事蹟，希望各位能夠以沉重的心情面對。哎，這是系列完結才寫得出來的內容，換句話說就是第零話集錦，但無論是不屈的老倉、不退縮的神原或不死的月火，如果評價不錯，或許會寫後續的第一話。有人說劃分天才與愚者的那一線是「努力的才能」，但我認為真正重要的是「沒有才能也能努力的才能」，她們也具備這種才能。就這樣，本書是以百分之百的嗜好繼續的小說——《物語》系列第外季的《愚物語　第一話：育．慘敗，第二話：駿河．傻瓜，第三話：月火．復原》。還有，我剛才說這是第零話集錦，不過應該沒那麼多集。

封面是最近（在作者心目中）人氣急速攀升的斧乃木余接，由VOFAN老師繪製而成。她在本書的際遇最慘，所以很高興老師將她畫得這麼可愛。也感謝本系列完結之後依然很正常讓我繼續寫《物語》系列的講談社文藝第三出版部。動畫版現在也進入佳境，請多支持。

西尾維新

作者介紹

西尾維新 (NISIO ISIN)

1981 年出生，以第 23 屆梅菲斯特獎得獎作品《斬首循環》開始的《戲言》系列於 2005 年完結，近期作品有《續 ・ 終物語》、《悲錄傳》、《人類最強的初戀》、《掟上今日子的挑戰狀》等等。

Illustration

VOFAN

1980 年出生，代表作品為詩畫集《Colorful Dreams》系列，在臺灣版《電玩通》擔任封面繪製。2005 年冬季由《FAUST Vol.6》在日本出道，2006 年起為本作品《物語》系列繪製封面與插圖。

譯者

哈泥蛙

專職譯者。譯作有《物語》系列第一季、第二季、最終季與第外季等等。

書盒子
愚物語
（原名：愚物語）

作者／西尾維新　插畫／VOFAN　譯者／張鈞堯
執行長／陳君平　榮譽發行人／黃鎮隆
協理／洪琇菁　國際版權／黃令歡、高子甯
執行編輯／呂尚燁　美術編輯／陳聖義
出版／城邦文化事業股份有限公司　尖端出版
台北市中山區民生東路二段一四一號十樓
電話：（〇二）二五〇〇七六〇〇　傳真：（〇二）二五〇〇二六八三
E-mail：7novels@mail2.spp.com.tw
發行／英屬蓋曼群島商家庭傳媒股份有限公司城邦分公司　尖端出版
台北市中山區民生東路二段一四一號十樓
電話：（〇二）二五〇〇—七六〇〇（代表號）
傳真：（〇二）二五〇〇—一九七九
中部以北經銷／楨彥有限公司（含宜花東）
電話：（〇二）八九一九—三三六九
傳真：（〇二）八九一四—五五二四
雲嘉經銷／智豐圖書股份有限公司　嘉義公司
電話：（〇五）二三三—三八五二
傳真：（〇五）二三三—三八六三
南部經銷／智豐圖書股份有限公司　高雄公司
電話：（〇七）三七三—〇〇七九
傳真：（〇七）三七三—〇〇八七
一代匯集／香港九龍旺角塘尾道六十四號龍駒企業大廈十樓B&D室
電話：（八五二）二七八三—八一〇二
傳真：（八五二）二七八二—一五二九
馬新經銷／城邦（馬新）出版集團　Cite(M)Sdn.Bhd.
E-mail：Cite@cite.com.my
法律顧問／王子文律師　元禾法律事務所
台北市羅斯福路三段三十七號十五樓
二〇一八年五月一版一刷
二〇二三年十二月一版四刷

本作品於2015年於講談社BOX系列出版。

■中文版■

郵購注意事項：
1. 填妥劃撥單資料：帳號：50003021戶名：英屬蓋曼群島商家庭傳媒(股)公司城邦分公司。2. 通信欄內註明訂購書名與冊數。3. 劃撥金額低於500元，請加附掛號郵資50元。如劃撥日起 10～14日，仍未收到書時，請洽劃撥組。劃撥專線TEL：(03) 312-4212 ・ FAX：(03) 322-4621。E-mail：marketing@spp.com.tw

國家圖書館出版品預行編目資料

愚物語 / 西尾維新 著 ; 哈泥蛙譯 . --初版.
--臺北市：尖端出版, 2018.05
面 ; 公分.--(書盒子)
譯自: 愚物語
ISBN 978-957-10-7930-1(平裝)

861.57 106021038